Maigret tiende una trampa

Georges Simenon, nacido en 1903 en Lieja (Bélgica), dio sus primeros pasos como reportero y como autor de novelas populares escritas bajo seudónimo. En 1931 publicó, por primera vez con su propio nombre, *Pietr, el Letón*, que presentaba al imperturbable comisario de policía parisino Jules Maigret, personaje que retomó en novelas y relatos a lo largo de las cuatro décadas siguientes, mientras su obra más amplia le granjeaba la reputación de ser uno de los escritores esenciales del siglo XX. Viajero intrépido, con un profundo interés en la gente, Simenon se esforzó, en la literatura y en la realidad, por comprender —y no por juzgar— la condición humana en todos sus matices. Sus libros figuran entre los más leídos del canon mundial.

GEORGES SIMENON

Maigret tiende una trampa

Traducción de
Cástulo Carrasco

DEBOLS!LLO

Papel certificado por el Forest Stewardship Council®

Penguin
Random House
Grupo Editorial

Título original: *Maigret tend une piège*

Primera edición: enero de 2026

Printed in Spain – Impreso en España

ISBN: 978-84-663-8838-2
Depósito legal: B-19.713-2025

Compuesto en M. I. Maquetación, S. L.

Impreso en Black Print CPI Ibérica
Sant Andreu de la Barca (Barcelona)

P 3 8 8 3 8 2

Maigret tiende una trampa

1

Alboroto en el Quai des Orfèvres

A partir de las tres y media, Maigret empezó a levantar la cabeza de cuando en cuando para mirar la hora. A las cuatro menos diez, rubricó la última hoja en la que acababa de hacer anotaciones, echó la silla hacia atrás, se enjugó la frente y dudó un instante entre las cinco pipas que llevaba fumadas y que había puesto en el cenicero sin tomarse la molestia de vaciarlas. Su pie oprimió un timbre bajo la mesa y, al poco tiempo, llamaron a la puerta. Maigret, secándose la cara con un pañuelo completamente extendido, refunfuñó:

—Adelante.

Era el inspector Janvier, que se había quitado la chaqueta al igual que el comisario, aunque se había dejado la corbata, mientras que Maigret se había librado también de ella.

—Di que mecanografíen esto y me lo traigan para firmarlo en cuanto esté. Coméliau tiene que recibirlo esta noche.

Era 4 de agosto. A pesar de que las ventanas estaban abiertas, no entraba aire fresco, sino más bien caliente y que parecía salir del asfalto reblandecido, de las piedras recalentadas y hasta del mismo Sena, que se habría dicho que estaba a punto de hervir como agua en una cazuela.

Los taxis y los autobuses sobre el puente Saint-Michel iban más despacio que de costumbre, parecían arrastrarse, y en la policía judicial todo el mundo estaba en mangas de camisa. En las calles, los transeúntes llevaban también la chaqueta bajo el brazo, y, hacía un rato, Maigret había incluso visto alguno en pantalones cortos, como si se encontraran a la orilla del mar.

En París debía de quedar solo la cuarta parte de los parisienses, y sin duda todos ellos pensaban con la misma nostalgia en aquellos que tenían la suerte de estar refrescándose entre las olas o pescando a la sombra en cualquier río apacible.

—¿Han llegado los de enfrente?

—No los he visto aún. Lapointe los está vigilando.

Maigret se levantó como si eso le exigiera un gran esfuerzo, cogió una pipa vacía y se dispuso a llenarla. Finalmente se dirigió a una ventana y se quedó de pie ante ella buscando con la mirada cierto café restaurante del Quai des Grands-Augustins. La fachada estaba pintada de amarillo. Había que bajar dos escalones al entrar, y dentro se debía de estar tan fresco como en una cueva. La barra era una verdadera barra de cinc a la antigua, con una pizarra en la pared en la que escribían la carta con tiza, y el aire olía siempre a aguardiente.

Incluso algunos puestos de libros de lance en los muelles del Sena estaban cerrados.

Se quedó inmóvil cuatro o cinco minutos, dando chupadas a su pipa, y vio un taxi que se detenía cerca del restaurante. Bajaron tres hombres, que se dirigieron a los escalones. La más familiar de las siluetas era la de Lognon, inspector del distrito XVIII, que de lejos parecía aún más bajo y más flaco y al que Maigret veía por primera vez tocado con un sombrero de paja. ¿Qué iban a beber aquellos tres hombres? Cerveza, sin duda.

Maigret abrió la puerta del despacho de los inspectores, en el que reinaba la misma atmósfera indolente que en el resto de la ciudad.

—¿Está el Barón en el pasillo?

—Desde hace media hora, jefe.

—¿Hay más periodistas?

—El joven Rougin acaba de llegar.

—¿Fotógrafos?

—Solo uno.

El largo pasillo de la policía judicial estaba casi vacío y solo tres clientes esperaban ante la puerta de los colegas de Maigret. Por petición suya, Bodard, de la sección financiera, había citado a las cuatro al hombre del que todos los días hablaban los periódicos: un tal Max Bernat, desconocido dos semanas antes, y de pronto héroe del último escándalo financiero, que había puesto en juego millones de millones.

Maigret no tenía nada que ver con Bernat, y Bodard no tenía nada que preguntarle a este, dado el punto en que se encontraba la investigación, pero, como había anunciado casualmente que vería al estafador a las cuatro de la tarde, había por lo menos dos redactores de sucesos y un fotógrafo, con intención de quedarse hasta el final del interrogatorio. De hecho, si se extendía el rumor de que Max Bernat estaba en el Quai des Orfèvres, podían llegar más.

Del despacho de los inspectores, a las cuatro en punto, llegó un ligero rumor que anunciaba la llegada del estafador, al que acababan de traer de la cárcel de la Santé.

Maigret esperó aún unos diez minutos, yendo de un lado a otro, fumando su pipa, enjugándose el sudor de cuando en cuando y echando un vistazo al restaurante del otro lado del Sena, y al fin chasqueó dos dedos y le soltó a Janvier:

—¡Vamos!

Janvier descolgó un teléfono y llamó al restaurante. Allá abajo, Lognon estaría cerca de la cabina y le diría al patrón: «Seguro que es para mí. Estoy esperando una llamada…».

Todo se desarrollaba según lo previsto. Maigret, un poco lento, un poco inquieto, volvió a entrar en su despacho y, antes de sentarse, se bebió un vaso de agua de la pila esmaltada.

Diez minutos más tarde, el pasillo se desarrolló una escena conocida: Lognon y otro inspector del distrito XVIII, un corso apellidado Alfonsi, subieron lentamente la escalera, llevando entre ambos a un hombre que parecía de mal humor y que se ponía el sombrero ante la cara.

Al Barón y a su compañero, Jean Rougin, que estaban de pie junto a la puerta del comisario Bodard, les bastó con echar una ojeada para comprender, y se abalanzaron mientras el fotógrafo preparaba su aparato.

—¿Quién es?

Conocían a Lognon. Conocían al personal de la policía casi tan bien como al de sus propios periódicos. Si dos inspectores que no pertenecían a la policía judicial, sino a la comisaría de Montmartre, traían al Quai des Orfèvres a un individuo que ocultaba su rostro antes incluso de divisar a los periodistas, eso solo podía significar una cosa.

—¿Es para Maigret?

Lognon no respondió. Se dirigió a la puerta del comisario y llamó discretamente. La puerta se abrió. Los tres personajes desaparecieron en el interior. La puerta se cerró.

El Barón y Jean Rougin se miraron como quienes acaban de descubrir un secreto de Estado, pero, sabiendo que los dos pensaban lo mismo, no sintieron la necesidad de decir nada.

—¿Has sacado una buena foto? —le preguntó Rougin al fotógrafo.

—Es que el sombrero le tapaba la cara…

—Eso siempre es así. Envíala de inmediato al periódico y vuelve a esperar aquí. No se puede prever cuándo saldrán.

Alfonsi salió casi enseguida.

—¿Quién es? —le preguntaron.

El inspector parecía confuso.

—No puedo decir nada.

—¿Por qué?

—Son órdenes.

—¿De dónde ha salido? ¿Dónde lo han pescado?

—Preguntádselo al comisario Maigret.

—¿Es un testigo?

—No lo sé.

—¿Es otro sospechoso?

—Os juro que no sé nada.

—Gracias por la cooperación.

—Supongo que si fuese el asesino le hubieran puesto las esposas…

Alfonsi se alejó con expresión apenada, como si hubiera querido decir más, y el pasillo recuperó su tranquilidad; durante más de media hora, no hubo idas y venidas.

El estafador Max Bernat salió del despacho de la sección financiera, pero, en el interés de los dos periodistas, Bernat ya había pasado a un segundo plano. Aun así, para tener la conciencia tranquila, le preguntaron al comisario Bodard:

—¿Ha dado los nombres?

—Aún no.

—¿Niega que lo hayan ayudado personalidades de la política?

—Ni lo niega ni lo confiesa, deja que persista la duda.

—¿Cuándo volverán a interrogarlo?

—En cuanto se hayan comprobado algunos datos.

Maigret, aún sin chaqueta y con el cuello de la camisa abierto, salió de su despacho y se dirigió con prisas al despacho del jefe.

Otro indicio más: a pesar de las vacaciones y del calor, la policía judicial se estaba preparando para una de sus noches importantes, y los dos reporteros recordaron ciertos interrogatorios que habían durado toda la noche, algunas veces veinticuatro horas o más, sin que pudiera saberse lo que ocurría tras las puertas cerradas.

El fotógrafo había vuelto.

—¿No has dicho nada en el periódico?

—Solo que revelaran el carrete y que tuvieran preparadas las fotos.

Maigret se quedó media hora en el despacho del jefe. Cuando volvió al suyo, apartó a los reporteros con un gesto vago.

—Díganos, por lo menos, si esto tiene relación con...

—No tengo nada que decir por el momento.

A las seis, el camarero de la cervecería Dauphine llevó una bandeja llena de grandes vasos de cerveza. Se había visto a Lucas abandonar su despacho y entrar en el de Maigret, de donde aún no había salido. También se había visto a Janvier salir a toda prisa con el sombrero puesto y meterse en un coche de la policía judicial.

Pero el hecho más excepcional fue la aparición de Lognon, que, como antes Maigret, se dirigía al despacho del jefe. Bien es verdad que solo se quedó diez minutos, tras lo cual, en lugar de marcharse, entró en el despacho de los inspectores.

—¿No te has fijado? —le preguntó el Barón a su colega.

—¿Te refieres al sombrero de paja que llevaba al llegar?

No era fácil imaginarse al inspector Malasombra —como todo el mundo lo llamaba en la policía y en la prensa— con un sombrero de paja casi festivo.

—Mejor que eso.

—¿No habrá sonreído…?

—No. Pero lleva una corbata roja.

Lognon se ponía siempre corbatas oscuras sobre un cuello de celuloide.

—¿Y eso qué querrá decir?

El Barón lo sabía todo, y contaba los secretos de cada uno con una leve sonrisa.

—Su mujer está de vacaciones.

—Yo creía que era una inválida…

—Lo era.

Durante dos años, el pobre Lognon se había visto obligado, en sus horas libres, a hacer las compras, a cocinar, a limpiar su piso de la plaza Constantin-Pecqueur y, además, a cuidar a su mujer, que se había declarado inválida definitivamente.

—Su mujer ha trabado amistad con una nueva vecina de su edificio. Esta le ha hablado de Pougues-les-Eaux y le ha metido en la cabeza la idea de ir a hacerse una cura. Por extraño que parezca, no se ha marchado con su marido, que ahora mismo no puede salir de París, sino con la vecina en cuestión. Las dos son de la misma edad. La vecina es viuda...

Cada vez eran más frecuentes las idas y venidas de un despacho a otro. Casi todos los miembros de la brigada de Maigret habían salido. Janvier había vuelto ya. Lucas iba y venía, atareado, la frente bañada en sudor. Lapointe aparecía de vez en cuando, así como Torrence, Mauvoisin —que era nuevo en el servicio— y otros, y los periodistas trataban de interceptarlos al vuelo, pero era imposible arrancarles una palabra.

La joven Maguy, reportera de un periódico de la mañana, llegó poco después, tan fresca como si todo el día no hubiese hecho treinta y seis grados a la sombra.

—¿Qué has venido a hacer aquí?

—Lo mismo que tú.

—¿Y eso qué es?

—Esperar.

—¿Cómo te has enterado de que pasaba algo?

Ella se encogió de hombros y se retocó el pintalabios.

—¿Cuántos hay ahí dentro? —preguntó señalando la puerta del despacho de Maigret.

—Cinco o seis. Es imposible contarlos. Entran y salen. Parece como si se relevasen.

—¿Ha confesado?

—En cualquier caso, el tipo debe de empezar a tener calor.

—¿Han subido cerveza?

—Sí.

Era un indicio. Cuando Maigret pedía que subieran una bandeja de cervezas, eso era que esperaba tener para rato.

—¿Sigue Lognon con ellos?

—Sí.

—¿Con expresión triunfal?

—Con él es difícil decirlo. Lleva una corbata roja.

—¿Por qué?

—Su mujer está haciendo una cura de aguas.

Se comprendían. Pertenecían a la misma hermandad.

—¿Tú lo has visto?

—¿A quién?

—A ese con el que se están ensañando.

—Todo menos las cara, porque se la tapaba con el sombrero.

—¿Es joven?

—Ni joven ni viejo. Ha pasado la treintena, por lo que he podido juzgar.

—¿Cómo iba vestido?

—Como todo el mundo. ¿De qué color era su traje, Rougin?

—Gris acero.

—Yo diría que beis.

—¿Qué aspecto tiene?

—Como el de cualquiera que pasa por la calle.

Se oyeron pasos en la escalera, y, cuando los otros volvían la cabeza, Maguy murmuró:

—Ese debe de ser mi fotógrafo.

A las siete y media, en el pasillo había cinco miembros de la prensa, que vieron subir al camarero de la cervecería Dauphine con más cerveza y con bocadillos.

Esta vez el asunto iba en serio. Los reporteros fueron por turnos a un pequeño despacho al fondo del pasillo para llamar a sus periódicos.

—¿Vamos a cenar?

—¿Y si sale mientras estamos fuera?

—¿Y si esto dura toda la noche?

—¿Pedimos también nosotros que nos suban bocadillos?

—¡Venga!

—¿Y cerveza también?

El sol desaparecía por detrás de los tejados, pero aún era de día y, aunque el aire ya no abrasaba, el calor seguía siendo pesado.

A las ocho y media, Maigret abrió la puerta de su despacho con aspecto cansado y el cabello pegado a la frente. Echó una ojeada al corredor, pareció a punto de dirigirse a la reunión de los representantes de la prensa, se arrepintió y la puerta se cerró tras él.

—Parece que la cosa se complica.

—Ya te he dicho que tendríamos para toda la noche. ¿Tú estabas cuando interrogaron a Mestorino?

—Todavía me llevaba en brazos mi madre.

—Veintisiete horas.

—¿En agosto?

—No recuerdo en qué mes fue, pero…

El vestido de algodón estampado de Maguy se le pegaba al cuerpo. Tenía grandes manchas de sudor bajo los brazos y, por debajo del tejido, se le transparentaba el contorno del sujetador y de las bragas.

—¿Echamos una partida de cartas?

Se encendieron las lámparas del techo. Cayó la noche. El ordenanza de servicio nocturno fue a colocarse en su sitio, al fondo del pasillo.

—¿No podría dejar entrar un poco de aire?

El ordenanza fue a abrir la puerta de un despacho y la ventana, y después otro despacho, y, al cabo de unos instantes, poniendo mucha atención, se notó algo que parecía una ligera brisa.

—Eso es todo lo que puedo hacer por ustedes, señores.

Por fin, a las once, se oyó ruido tras la puerta del despacho de Maigret. Lucas salió el primero y dejó pasar al desconocido, que seguía tapándose la cara sujetando con una mano el sombrero. Lognon cerraba la marcha. Se dirigieron los tres a la escalera que comunicaba la policía judicial con el Palacio de Justicia, y de allí a las celdas de la Ratonera.

Los fotógrafos se abalanzaron. Rápidos fogonazos iluminaron el pasillo. Un minuto más tarde la puerta acristalada se cerró de nuevo y todos corrieron al despacho de Maigret, que parecía un campo de batalla: había vasos por el suelo, colillas de cigarrillo, ceniza, papeles rotos, y el aire olía a tabaco enfriado. Maigret, aún sin chaqueta, medio oculto por la alacena donde se encontraba la pila esmaltada, se estaba lavando las manos.

—¿Nos puede dar alguna información, comisario?

Él los miró con los ojos muy abiertos que ponía siempre en esas ocasiones, como si no reconociera a nadie.

—¿Información? —repitió él.

—¿Quién es?

—¿Quién?

—El hombre que ha salido de aquí.

—Es una persona con la que he tenido una larga conversación.

—¿Un testigo?

—No tengo nada que decir.

—¿Lo ha puesto bajo custodia?

Pareció volver a animarse un poco mientras se excusaba con gesto bonachón.

—Señores, lamento no poder responderles, pero la verdad es que no tengo ninguna declaración que hacer.

—¿Cree que pronto podrá hacernos una?

—No lo sé.

—¿Va a ir a ver al juez Coméliau?

—Esta noche no.

—¿Esto tiene relación con el asesino?

—De nuevo, no me lo tomen a mal si no les proporciono ninguna información.

—¿Se va a casa?

—¿Qué hora es?

—Las once y media.

—En ese caso, la cervecería Dauphine estará aún abierta, así que iré allí a comer algo.

Vieron salir a Maigret, Janvier y Lapointe. Dos o tres periodistas los siguieron a la cervecería y se tomaron una copa en la barra mientras los tres hombres, sentados en la segunda sala, pedían al camarero, fatigados, preocupados.

Unos minutos más tarde se les unió Lognon, pero no Lucas.

Los cuatro hombres conversaban a media voz, y era imposible entender lo que decían o saber de qué hablaban por el movimiento de sus labios.

—¿Nos vamos? ¿Te llevo a casa, Maguy?

—No. Al periódico.

En cuanto cerraron la puerta tras ellos, Maigret se desperezó. Una sonrisa muy alegre y juvenil afloró a sus labios.

—¡Al fin! —suspiró.

—Creo que se han marchado —dijo Janvier.

—¿Qué irán a escribir?

—No sé, pero supongo que encontrarán el modo de decir algo sensacional. Sobre todo el joven Rougin.

Este era nuevo en la profesión, joven y dinámico.

—¿Y si se enteran de que los hemos engañado?

—No tienen por qué enterarse.

Era casi un nuevo Lognon lo que tenían delante, un Lognon que, pasadas las cuatro de la tarde, se había bebido cuatro grandes cervezas y ahora no rehusaba el licor que les ofrecía el patrón.

—¿Y tu mujer, compañero?

—Me ha escrito que la cura le está sentando muy bien. Lo único que la molesta es mi persona.

Esto, a pesar de todo, no le hacía reír, ni siquiera sonreír. Algunos temas eran sagrados. Aun así, se mostraba distendido, casi optimista.

—Has desempeñado muy bien tu papel. Te lo agradezco. Espero que en tu comisaría nadie lo sepa, aparte de Alfonsi…

—Nadie.

Eran las doce y media cuando se separaron. Aún se veía a algunos clientes en las terrazas, y más gente aún por la calle, para respirar el relativo frescor de la noche, inexistente durante el día.

—¿Va a coger usted el autobús?

Maigret dijo que no con un gesto. Prefirió volver a pie, solo, y a medida que recorría las largas aceras su excitación iba desapareciendo y una expresión más grave, casi angustiosa, se adueñaba de su rostro.

Varias veces dejó atrás mujeres solas que caminaban pegadas a las fachadas, y cada vez ellas se estremecieron con el deseo de echar a correr al menor gesto suyo o, incluso, de pedir auxilio.

En seis meses, cinco mujeres que, como estas, regresaban a sus casas o se dirigían a casa de una amiga, cinco mujeres que iban por las calles de París, habían sido víctimas de un mismo asesino.

Cosa curiosa: los cinco crímenes se habían cometido en uno solo de los veinte distritos de París, el XVIII, en Montmartre, y no solo en el mismo distrito, sino en el mismo barrio, en un sector muy restringido, delimitado por cuatro estaciones del metro: Lamarck, Abbasses, Plaza Blanche y Plaza Clichy.

Los nombres de las víctimas, las calles donde habían tenido lugar los ataques, las horas eran conocidas por todos los lectores de periódicos, y, para Maigret, eran una verdadera obsesión.

Se sabía la tabla de memoria, podía recitarla sin pensar, como una fábula que se aprende en el colegio.

2 de febrero. Avenida Rachel, muy cerca de la plaza Clichy, a dos pasos del bulevar de Clichy y de sus luces: Arlette Dutour, veintiocho años, mujer pública, domiciliada en una casa de huéspedes de la calle Amsterdam. Dos puñaladas en la espalda, una de las cuales le había provocado la muerte de manera casi instantánea. Rasgadura metódica de la ropa y algunas laceraciones superficiales. Ninguna señal de violación. No le habían quitado las joyas, de poco valor, ni el bolso, que contenía cierta cantidad de dinero.

3 de marzo. Calle Lepic, un poco más arriba del Moulin de la Galette. Ocho y cuarto de la noche. Joséphine Simmer, nacida en Mulhouse, comadrona, de cuarenta y tres años. Vivía en la calle Lamarck, y volvía de asistir a una clienta en la parte alta de la Butte-aux-Cailles. Una sola puñalada en la espalda, que le alcanzó el corazón. Destrozos en la ropa y laceraciones superficiales. Su botiquín de comadrona estaba a su lado en la acera.

17 de abril. (A causa de la coincidencia de fechas del 2 de febrero y del 3 de marzo, se esperaba un nuevo ataque el 4 de abril, pero ese día no ocurrió nada). Calle Etex, al borde del cementerio de Montmartre, casi enfrente del hospital Bretonneau. A las nueve y tres minutos de la noche. Monique Juteaux, costurera de veinticuatro años, soltera, que vivía con su madre en el bulevar des Batignolles. Volvía de casa de una amiga que vivía en la avenida de Saint-Ouen. Estaba lloviendo, y llevaba un paraguas. Tres puñaladas. Laceraciones. No hubo robo.

15 de junio. Entre las nueve y veinte y las nueve y media. Calle Durantin, siempre en el mismo sector. Marie Bernard, viuda, cincuenta y dos años, empleada de Correos, que vivía con su hija y su yerno en un piso del bulevar Rochechouart. Dos puñaladas. Laceraciones. La segunda puñalada le cortó la carótida. No hubo robo.

21 de julio. El último crimen hasta la fecha. Georgette Lecoin, casada, madre de dos niños, treinta y un años, residente en la calle Lepic, no lejos del lugar del segundo asesinato. Su marido trabajaba de noche en un garaje. Uno de los hijos estaba enfermo. La mujer bajaba por la calle Tholozé en busca de una farmacia abierta y perdió la vida hacia las nueve cuarenta y cinco, casi enfrente de un cabaret. Una sola puñalada. Laceraciones.

Era horroroso y monótono. Se había reforzado a la policía del barrio des Grandes-Carrières. Lognon, como el resto de sus colegas, había aplazado sus vacaciones. ¿Las tendría alguna vez?

En la calle había patrullas. Agentes apostados en todos los puntos estratégicos. Así era cuando tuvieron lugar el segundo, el tercero, el cuarto y el quinto asesinatos.

—¿Estás cansado? —preguntó la señora Maigret al abrir la puerta de su piso en el instante en que su marido llegaba al descansillo.

—Hace calor.

—¿Aún nada?

—Nada.

—He oído hace un momento por la radio que ha habido una gran agitación en el Quai des Orfèvres.

—¿Tan pronto?

—Se supone que eso guarda relación con los crímenes del distrito dieciocho. ¿Es verdad?

—Más o menos.

—¿Tienes alguna pista?

—No sé nada.

—¿Has comido?

—Y hasta he cenado, hace media hora.

Ella no insistió y, un poco más tarde, los dos dormían con la ventana abierta.

A la mañana siguiente, llegó a las nueve a su despacho sin haber leído los periódicos. Se los habían puesto sobre su mesa, e iba a echarles un vistazo cuando sonó el teléfono.

Desde la primera sílaba reconoció a su interlocutor.

—¿Maigret?

—Sí, señor juez.

Era Coméliau, por supuesto, encargado de la instrucción de los cinco crímenes de Montmartre.

—¿Es verdad todo eso?

—¿A qué se refiere?

—A lo que han publicado los periódicos esta mañana.

—Aún no los he leído.

—¿Ha hecho alguna detención?

—No que yo sepa.

—Lo mejor será que se pase cuanto antes por mi despacho.

—Con mucho gusto, señor juez.

Lucas había entrado y había oído la conversación y comprendió la mueca del comisario.

—Di al jefe que estoy en el Palacio de Justicia —dijo Maigret— y que no estaré de vuelta a la hora del informe.

Siguió el mismo camino que el día anterior habían seguido Lognon, Lucas y el misterioso visitante de la policía judicial, el hombre que se tapaba la cara con un sombrero. En el pasillo de los jueces de instrucción y los gendarmes lo saludaron, los detenidos y los testigos que esperaban lo reconocieron, y algunos le dirigieron también un leve saludo.

—Entre. Lea.

Obviamente, ya se esperaba todo aquello; se esperaba a un Coméliau nervioso y hostil que dominaba a duras penas la indignación que hacía que le temblara el bigotito.

En uno de los periódicos se leía:

¿Ha atrapado por fin la policía al asesino?

En otro:

Zafarrancho en el Quai des Orfèvres.
¿Se trata del maniaco de Montmartre?

—Me gustaría hacerle notar, comisario, que ayer a las cuatro me encontraba aquí, en mi despacho, a menos de doscientos metros del suyo, y con un teléfono a mano. Y aquí seguía a las cinco y a las seis, y no me marché hasta las siete menos diez, reclamado por otras obligaciones. E incluso entonces seguía siendo accesible: primero en mi casa, adonde tantas veces me ha llamado usted por teléfono, y después en casa de unos amigos, cuya dirección tuve la precaución de dejar a mi criada.

Maigret, de pie, escuchaba sin inmutarse.

—Cuando un acontecimiento es tan importante que…

El comisario levantó la cabeza y murmuró:

—No hubo ningún acontecimiento.

Coméliau, muy alterado para calmarse de golpe, dio un seco manotazo a los periódicos sobre la mesa.

—¿Y esto? ¿Me va a decir que son inventos de los periodistas?

—Son suposiciones.

—Es decir, ¿que no ha ocurrido nada y que estos señores han supuesto que usted llevó a un desconocido a su despacho y lo interrogó durante más de seis horas y después lo envió a la Ratonera, y que...?

—Yo no interrogué a nadie, señor juez.

Esta vez, Coméliau, desquiciado, lo miró como quien no comprende nada.

—Lo mejor sería que me lo explicara para que así yo pudiera dar explicaciones al fiscal general, cuya primera preocupación esta mañana ha sido llamarme.

—Es verdad que cierta persona vino ayer por la tarde en compañía de dos inspectores.

—¿Una persona a la que esos inspectores habían detenido?

—Se trataba más bien de una entrevista amistosa.

—¿Y por eso el hombre se tapaba la cara con el sombrero?

Coméliau señaló una fotografía a dos columnas en la primera plana de varios periódicos.

—Puede que se tratase de una casualidad, de un gesto instintivo. Estuvimos charlando...

—¿Durante seis horas?

—El tiempo pasa deprisa.

—Y pidió usted que les subieran cerveza y bocadillos...

—Eso es correcto, señor juez.

Este golpeó de nuevo el periódico con la palma de la mano.

—Tengo aquí una relación detallada de todas sus idas y venidas.

—No lo dudo.

—¿Quién es ese hombre?

—Un muchacho encantador llamado Mazet, Pierre Mazet, que trabajó a mis órdenes hace una decena de años, recién terminados los estudios. Después, esperando ascender más rápidamente, y también, me imagino, a consecuencia de un desengaño amoroso, solicitó un puesto en África ecuatorial, donde ha vivido cinco años.

Coméliau no comprendía nada. Miraba a Maigret, y se preguntaba si el comisario estaría burlándose de él.

—Debido a unas fiebres, tuvo que abandonar África ecuatorial, donde los médicos le han prohibido volver. Cuando esté repuesto, es probable que solicite su reintegración a la policía judicial.

—Y para recibirlo, ¿montó usted lo que los periódicos llaman un «zafarrancho de combate»?

Maigret fue a la puerta y se aseguró de que nadie podía oírlos.

—Sí, señor juez —admitió al fin—. Necesitaba un hombre de apariencia lo más discreta posible y cuya cara no le resultase familiar ni a la opinión pública ni a la prensa. El pobre Mazet ha cambiado mucho durante su estancia en África. ¿Comprende?

—No muy bien.

—No he hice declaración a los periodistas. No he pronunciado una sola palabra que diese a entender que esa visita tenía relación con los crímenes de Montmartre.

—Pero no lo desmintió…

—Les repetí que no tenía nada que decir, y era la verdad.

—¡Y el resultado…! —gritó el juez, señalando de nuevo los periódicos.

—Es el resultado que yo quería.

—Sin consultarme, claro. Sin tenerme al corriente.

—Señor juez, solo para no hacer que comparta mi responsabilidad.

—¿Qué espera usted?

Maigret, al que se le había apagado hacía rato la pipa, se la encendió con expresión pensativa, y dijo despacio:

—Todavía no sé nada, señor juez. Pero me pareció que valía la pena intentar algo.

Coméliau no sabía ya muy bien qué terreno pisaba, y fijó sus ojos en la pipa de Maigret, a la que nunca había podido acostumbrarse. De hecho, el comisario era la única persona que se atrevía a fumar en su despacho, algo que el juez consideraba una especie de desafío.

—Siéntese —dijo, al fin, a regañadientes, y, antes de sentarse de nuevo, fue a abrir la ventana.

2

Las teorías del profesor Tissot

El viernes anterior por la noche, Maigret y su mujer habían ido caminando tranquilamente, de manera informal, hacia la calle Picpus, y a lo largo de las calles de su barrio la gente estaba sentada en los portales y mucha había sacado sillas a la acera. La tradición de cenar una vez al mes en casa del doctor Pardon continuaba, aunque, desde hacía cerca de un año, con una ligera variante.

En efecto, Pardon había adquirido la costumbre de invitar, además de al matrimonio Maigret, a alguno de sus colegas, casi siempre un hombre interesante por su personalidad o por sus investigaciones, de modo que el comisario solía encontrarse sentado ante una gran autoridad o un ilustre profesor.

Al principio no cayó en la cuenta de que eran esas personas las que solicitaban conocerlo y que lo estudiaban mediante innumerables preguntas. Todos habían oído hablar de él y tenían curiosidad por saber de él. No necesitaban mucho tiempo para sentirse sobre terreno común con Maigret, por lo que ciertas conversaciones de sobremesa en el acogedor saloncito de Pardon, animadas por algún licor añejo y con las ventanas abiertas a la ajetreada calle, se alargaban hasta muy entrada la noche.

Por lo menos diez veces tras una de esas conversaciones, los interlocutores de Maigret, mirándole de pronto con expresión grave, le habían preguntado: «¿No ha sentido usted nunca la tentación de estudiar Medicina?».

Casi ruborizándose, él respondía que esa había sido su primera vocación, pero que la muerte de su padre lo obligó a abandonar los estudios.

¿No era curioso que lo adivinaran después de tantos años? La manera en que él y los médicos se interesaban por el hombre, en que consideraban sus penas y sus debilidades, era muy parecida.

Y el policía no intentaba ocultar lo halagado que se sentía porque dos profesores de renombre hablasen con él de trabajo como si fueran colegas.

¿Lo había hecho Pardon a propósito aquella noche a causa del asesino de Montmartre, que tanto preocupaba a todas las mentes desde hacía meses? Podía ser. Era un hombre sencillo, desde luego, pero, al mismo tiempo, capaz de actos de extrema delicadeza y sutilidad. Ese año había tenido que tomarse sus vacaciones antes de lo acostumbrado, en junio, porque solo había encontrado suplente para ese momento.

Cuando llegaron Maigret y su mujer, ya había una pareja en el salón delante de una bandeja de aperitivos: un hombre robusto con aspecto de aldeano, de pelo gris y tupido cortado a cepillo sobre un rostro sanguíneo, y una mujer morena de excepcional vivacidad.

—Mis amigos, los Maigret. La señora Tissot y el profesor Tissot —los presentó Pardon.

Era el famoso Tissot, que dirigía Sainte-Anne, el manicomio de la calle Cabanis. A pesar de que a menudo lo citaban como experto para testificar ante los tribunales, Maigret no lo conocía y descubrió a un tipo de psiquiatra sólido, humano, jovial, que nunca había conocido.

No tardaron en sentarse a la mesa. Hacía calor, pero al final de la cena empezó a caer una lluvia fina y suave, cuyo rumor, al otro lado de las ventanas abiertas, los acompañó toda la velada.

El profesor Tissot no se tomaba vacaciones, pues, aunque tenía su piso en París, iba casi todas las tardes a su propiedad de Ville-d'Avray.

Como sus predecesores, mientras hablaba de una cosa u otra, comenzó a observar al comisario echándole ojeadas, como si con cada una añadiera un toque a la imagen que se estaba formando de él. Fue ya en el saloncito, después de que las mujeres se agruparan espontáneamente en un rincón, cuando por fin le soltó a quemarropa:

—¿No le asusta un poco su responsabilidad?

Maigret comprendió enseguida.

—Supongo que se refiere a las muertes del distrito dieciocho.

Su interlocutor se limitó a parpadear. Era cierto que aquel asunto era para Maigret uno de los más angustiosos de su carrera. No se trataba de descubrir al autor de un crimen. Ante la sociedad, la cuestión no era, como solía ser el caso, castigar a un asesino, sino una cuestión de defensa.

Habían muerto cinco mujeres, y nada dejaba suponer que la lista estaba cerrada. Sin embargo, los habituales medios de defensa no bastaban. La prueba era que todo el engranaje policial se había puesto en movimiento tras el primer crimen, pero eso no había evitado los siguientes ataques.

Maigret creyó comprender lo que Tissot quería decir con «su responsabilidad». De él dependía, o más exactamente de la forma en que él encarara el problema, la suerte de cierto número de mujeres.

¿Lo había comprendido también Pardon y por eso había preparado aquel encuentro?

—A pesar de que en cierto modo es mi especialidad —añadió Tissot—, no me gustaría estar en su lugar, con la población aterrorizada, los periódicos que no hacen nada para tranquilizarla, los políticos reclamando medidas contradictorias… ¿Lo he pintado como es?

—Exactamente como es.

—Supongo que habrá notado las características de los diferentes crímenes…

Fue enseguida al fondo de la cuestión. Maigret habría podido pensar que estaba hablando con uno de sus colegas de la policía judicial.

—Entre nosotros, comisario, ¿me podría decir qué es lo que más le ha llamado la atención?

Era una pregunta casi imposible de responder, y Maigret, a quien eso le ocurría pocas veces, se ruborizó. Sin embargo, respondió sin vacilar:

—El tipo de las víctimas. Usted me pregunta por la característica principal, ¿no es así? No le mencionaré otras, que son bastante numerosas. Cuando sucede, como es el caso, que los crímenes se cometen en serie, lo primero que hacemos en el Quai des Orfèvres es buscar los aspectos en común.

Con su copa de armañac en la mano, Tissot iba asintiendo con la cabeza. La cena le había coloreado intensamente el rostro.

—¿La hora, por ejemplo? —preguntó.

Se notaba su deseo de demostrar que conocía el asunto, que también él, a través de los periódicos, lo había estudiado desde todos los ángulos, incluido el ángulo puramente policial.

Le tocó a Maigret sonreír, porque aquello era una obviedad.

—La hora, en efecto —dijo—. El primer ataque tuvo lugar a las ocho de la tarde, en febrero. Por tanto, era de noche. El crimen del tres de marzo se cometió un cuarto de hora más tarde, y así sucesivamente hasta el de julio, que ocurrió minutos antes de las diez. Es evidente que el asesino espera a que caiga la noche.

—¿Las fechas?

—Las he estudiado veinte veces, hasta el punto de que se me han terminado por embrollar en la cabeza. Sobre mi escritorio puede verse un calendario lleno de notas negras, azules y rojas. He probado todos los sistemas, todas las claves, como si quisiera descifrar un lenguaje secreto. Al principio se habló de la luna llena.

—La gente concede mucha importancia a la luna cuando se trata de actos que no se pueden explicar.

—¿Usted cree en eso?

—Como médico, no.

—¿Y como hombre?

—No lo sé.

—Pero la explicación no es convincente, porque solo dos ataques de los cinco se cometieron en noches de luna llena. De modo que he buscado otros aspectos. El día de la semana, por ejemplo. Algunas personas se emborrachan todos los sábados. Solo uno de los crímenes se cometió en sábado. Hay profesiones en las que no se libra en domingo, sino en otro día.

Tenía la impresión de que Tissot había considerado por su parte esas hipótesis.

—La primera constante, sí así se puede llamar —prosiguió Maigret—, que hemos identificado es la zona. Es evidente que el asesino la conoce de maravilla, hasta en sus menores recovecos. A ese conocimiento de las calles, de los lugares iluminados y oscuros, de la distancia entre dos puntos determinados, se debe no solamente que no lo hayan atrapado sino que ni siquiera lo hayan visto.

—La prensa habla de testigos que dicen haberlo visto…

—Hemos escuchado a todo el mundo. La inquilina del primer piso de la avenida Rachel, por ejemplo, es la que se muestra más categórica, y afirma que es alto y delgado y lleva un impermeable amarillento y un sombrero de fieltro calado sobre los ojos. Pero, para empezar, se trata de una descripción tipo, que se repite demasiado a menudo en casos como este y de la que en el Quai desconfiamos siempre. Además, se ha comprobado que es imposible ver el lugar del crimen desde la ventana donde dice la mujer que estaba asomada. El testimonio del niño es más serio, pero es tan vago que resulta inutilizable. Me refiero al crimen de la calle Durantin. ¿Recuerda?

Tissot hizo un signo afirmativo.

—En definitiva, ese hombre conoce de maravilla el barrio, por lo que todo el mundo cree que vive en él, lo que crea una atmósfera particularmente angustiosa. Todo el mundo observa a su vecino con desconfianza. Hemos recibido centenares de cartas que refieren la extraña conducta de personas completamente normales. Hemos considerado la hipótesis de un hombre que no viva en el barrio pero que trabaje allí.

—Es una tarea considerable.

—Supone miles de horas. Por no mencionar la búsqueda en nuestros ficheros, las listas de criminales y enfermos mentales que hemos puesto al día y verificado. Sin duda habrá usted recibido, como el resto de hospitales, un cuestionario relacionado con los residentes a los que se ha puesto en libertad en los últimos años.

—Lo respondieron mis colaboradores.

—Se envió el mismo cuestionario a todos los asilos de provincias y del extranjero, así como a los médicos de cabecera…

—Ha mencionado usted otra constante…

—Habrá visto usted las fotografías de las víctimas en los periódicos. Cada una se publicó en una fecha diferente. No sé si habrá sentido la curiosidad de colocarlas una al lado de otra.

Una vez más, Tissot hizo un gesto afirmativo.

—Esas mujeres son de orígenes diversos. Para empezar, geográficamente. Una nació en Mulhouse, otra en el Mediodía, otra en Bretaña, dos en París o en los alrededores. Desde un punto de vista profesional, nada las une: una mujer pública, una comadrona, una costurera, una empleada de Correos y una madre de familia. No vivían todas en el mismo barrio. Hemos comprobado que no se conocían y que, de manera más que probable, nunca se habían visto.

—No me imaginaba que enfocase sus investigaciones desde tantos ángulos diferentes.

—Pues hemos ido más lejos aún. Estamos seguros de que no acudían a la misma iglesia, por ejemplo, o que no compraban al mismo carnicero; que no tenían el mismo médico, y tampoco el mismo dentista, y ni que iban un día más o menos fijo al mismo cine o a la misma sala de baile. Si le digo que son miles de horas…

—¿Y no ha resultado nada de eso?

—No lo esperaba, pero estaba obligado a comprobarlo. No tenemos derecho a dejar la más pequeña posibilidad sin explorar.

—¿Ha pensado en las vacaciones?

—Ya sé a qué se refiere. A que quizás iban cada año de vacaciones al mismo lugar, en el campo o el mar… Pero no es así.

—Entonces ¿el asesino las escogía al azar, según surgía la oportunidad?

Maigret sabía que el profesor Tissot no creía eso, pues se había fijado en lo mismo que él.

—No. No exactamente. Como le he dicho, al examinar las fotografías de esas mujeres, se puede ver que tienen algo en común: son corpulentas. Si no le mira la cara y examina solo su silueta, verá que las cinco son muy bajas y más bien rechonchas, casi gordas, con el talle robusto y caderas anchas, incluso Monique Juteaux, la más joven de todas.

Pardon y el profesor intercambiaron una mirada, y Pardon parecía decir: «Estaba seguro de que él también se había dado cuenta».

Tissot sonreía.

—Le felicito, querido comisario. Reconozco que no tengo nada que enseñarle —dijo, y, tras una vacilación, agregó—: Yo había hablado con Pardon al preguntarme si la policía se habría fijado en eso. Un poco por esta razón, y también porque hace mucho que deseaba conocerle, es por lo que el doctor nos ha invitado esta noche a mí y a mi mujer.

Habían permanecido en pie todo el tiempo. El doctor de la calle Picpus propuso ir a sentarse en un rincón, cerca de la ventana, donde se oía la radio. La lluvia seguía cayendo, tan ligera que las gotas parecían posarse delicadamente unas sobre otras y formar sobre el pavimento una especie de laca oscura. Fue Maigret quien tomó la palabra.

—¿Sabe usted, profesor, la pregunta que más me preocupa, la que, si me la contestasen, me permitiría atrapar al asesino?

—Le escucho.

—Ese hombre ya no es un niño. Ha vivido cierto número de años, veinte, treinta o quizá más, sin cometer crímenes. Pero en el espacio de seis meses comete cinco asesinatos. La pregunta que me hago es la del principio. ¿Por qué de pronto, el dos de febrero, deja de ser un ciudadano inofensivo y se convierte en un loco peligroso? ¿Encuentra una explicación usted, que es un experto?

Esto hizo sonreír a Tissot, que de nuevo dirigió una mirada a su colega.

—A los expertos, como dice usted, se nos suele suponer conocimientos y poderes que no poseemos. Aun así, voy a tratar de responder, no solamente en lo que concierne a la conmoción inicial, sino también al caso en sí mismo. Por otra parte, no emplearé ningún término científico o técnico, porque a menudo solo sirven para encubrir nuestra ignorancia. ¿No es así, Pardon?

Debía de haber hecho alusión a alguno de sus colegas contra el que sentía ojeriza, porque los dos médicos parecieron entenderse.

—Ante una serie de crímenes como estos, la reacción de todo el mundo es afirmar que se trata de un maniaco o de un loco. *Grosso modo*, es exacto. Matar a cinco mujeres de esa manera, sin razón aparente, y después destrozarles la ropa no tiene nada en común con el comportamiento de un hombre normal tal como lo imaginamos. En cuanto a determinar por qué y cómo comenzó esto, es una cuestión demasiado compleja a la que resulta difícil responder. Casi todas las semanas me llaman para que declare como experto en el tribunal de lo penal. A lo largo de mi carrera, he visto evolucionar con tanta rapidez la idea de «responsabilidad» en materia criminal, que, a mi juicio, todas las concepciones de la justicia han cambiado, si es que no se han derrumbado. Antes me preguntaban: «En el momento del crimen, ¿era el acusado responsable de sus actos?». Y la palabra «responsabilidad» tenía un sentido lo suficiente preciso. Hoy en día, lo que se nos pide evaluar es la responsabilidad del Hombre, con mayúscula, hasta tal punto que a menudo tengo la impresión de que no son los magistrados o los jurados quienes deciden la suerte de un criminal, sino nosotros, los psiquiatras. Ahora bien: en la mayor parte de los casos, nosotros no sabemos más que el profano. La psiquiatría es una ciencia en tanto que hay un traumatismo, un tumor o una transformación anormal de una glándula o de una función. En esos casos, en efecto, nosotros podemos declarar con toda conciencia que tal hombre está sano o enfermo, es responsable de sus actos o no lo es. Pero casos como esos son raros, y la mayor parte de esos individuos se encuentran internados. ¿Por qué los otros, como probablemente este del que hablamos, obran de manera distinta a sus semejantes? Yo creo, comisario, que sobre eso usted sabe tanto o más que nosotros.

La señora Pardon se había acercado a ellos con la botella de armañac.

—Continúen, señores. Nosotras, por nuestra parte, estamos ocupadas en intercambiar recetas de cocina. ¿Un poco de armañac, profesor?

—Media copita.

Y así siguieron charlando, en una luz tan suave como la lluvia que caía fuera, hasta la una de la madrugada. Maigret no retuvo toda aquella larga conversación, que a menudo se bifurcaba en temas paralelos.

Se acordaba de que Tissot había dicho, por ejemplo, con la ironía de un hombre que tiene una vieja cuenta que ajustar:

—Si yo fuese un fiel seguidor de las teorías de Freud, de Adler o de los psicoanalistas de hoy día, no dudaría en afirmar que nuestro hombre es un obeso sexual, a pesar de que ninguna de las víctimas haya sido atacada sexualmente. Podría también hablar de complejos, remontarme a las impresiones de la infancia…

—¿Rechaza usted esa explicación?

—No rechazo nada, pero desconfío de las que son demasiado fáciles.

—Pero ¿tiene alguna teoría personal?

—Una teoría no. Quizás una idea. Pero confieso que me da un poco de miedo hablarle a usted de ello, porque no olvido de que es usted quien lleva la responsabilidad de la investigación sobre sus hombros. Aunque es verdad que sus hombros son tan anchos como los míos. Hijo de campesino, ¿verdad?

—Del Allier.

—Yo, del Cantal. Mi padre tiene ochenta y ocho años y aún vive en su granja.

Se habría jurado que estaba más orgulloso de eso que de sus títulos científicos.

—Han pasado por mis manos muchos locos o, por emplear una expresión poco erudita, medio locos que han cometido actos criminales, y, en lo que se refiere a «constantes», por usar la palabra que ha escogido usted hace un momento, hay una que puede encontrarse en casi todos ellos: la necesidad consciente o inconsciente de afirmarse. ¿Comprende lo que quiero decir con esto?

Maigret asintió.

—A casi todos ellos, con razón o sin ella, las personas que los rodean los han considerado durante mucho tiempo seres inconsistentes, mediocres o retardados, y los han humillado. ¿Por medio de qué mecanismo esa humillación tanto tiempo contenida estalla de pronto en forma de crimen, de agresión, de un gesto cualquiera de desafío o de bravuconada? Ni mis colegas, que yo sepa, ni yo mismo hemos podido averiguarlo. Tal vez esto que digo no es ortodoxo, sobre todo resumido en pocas palabras, pero estoy convencido de que la mayor parte de los crímenes de los cuales se cree que carecen de motivo, y sobre todo en el caso de los crímenes repetidos, son una manifestación de orgullo.

Maigret se quedó pensativo.

—Eso concuerda con una de mis observaciones.

—¿Cuál?

—Que si los criminales, tarde o temprano, no sintiesen la necesidad de jactarse de sus actos, habría muchos menos en las cárceles. Después de lo que suele llamarse un crimen infame, ¿sabe adónde vamos en primer lugar a buscar al autor? Antes íbamos a las casas de lenocinio. Hoy, como estas ya no existen, a las camas de las mujeres más o menos públicas. ¡Porque esos criminales hablan! Están convencidos de que con ellas no tiene importancia, de que no arriesgan nada, lo cual en la mayoría de los casos es verdad. Por tanto, se desahogan. Y la mayoría de las veces exageran.

—¿Han probado ustedes ese método esta vez?

—No hay una muchacha de París, sobre todo de Clichy y de Montmartre, a la que no hayamos interrogado en los últimos meses.

—¿Y no ha dado ningún resultado?

—Ninguno.

—Entonces es peor.

—¿Quiere usted decir que, al no haber encontrado ningún alivio, sin duda volverá a hacerlo?

—Más o menos.

En los últimos tiempos, Maigret había estudiado todos los casos históricos que presentaban alguna analogía con el asunto del distrito XVIII, desde Jack el Destripador hasta el Vampiro de Düsseldorf, pasando por el farolero de Viena y el polaco de las granjas del Aisne.

—¿Cree usted que no dejan de hacerlo nunca por sí mismos? —preguntó el comisario—. Pero existe el precedente de Jack el Destripador, que, de la noche a la mañana, ya no dio más motivo para que se hablase de él.

—¿Quién puede demostrar que no tuvo un accidente o que no murió de alguna enfermedad? Y aún voy más lejos, comisario, y aquí no es ya el médico jefe de Sainte-Anne el que habla, porque me estoy alejando demasiado de las teorías oficiales: a los individuos de ese tipo, sin que ellos mismos lo sepan, los impulsa la necesidad de que los detengan, y eso es tal vez una forma de orgullo. No soportan la idea de que la gente que vive a su alrededor los siga considerando seres normales y corrientes. Necesitan poder gritar a la faz del mundo lo que han hecho, de lo que han sido capaces. Eso no significa que provoquen a propósito que los detengan, pero, a medida que sus crímenes se multiplican, suelen tomar menos precauciones y sienten que pueden burlar a la policía, burlar al destino. Algunos me han confesado que para ellos fue un alivio que por fin los detuvieran.

—A mí me han hecho confesiones parecidas.

—Ya lo ve usted.

¿A quién se le ocurrió la idea? La velada había sido tan larga, le habían dado tantas vueltas al problema y lo habían visto desde tantos puntos de vista que más tarde resultó difícil establecer qué se le ocurrió a uno y qué al otro.

Quizá lo sugiriera el profesor Tissot, pero de manera tan discreta que ni siquiera Pardon se dio cuenta.

Era pasada la medianoche cuando Maigret murmuró, como hablando consigo mismo:

—Supongamos que arrestasen a otra persona y que esta ocupase de alguna forma el lugar del asesino, que usurpase aquello que él considera su gloria…

—En efecto, creo que su hombre sería presa de un gran sentimiento de frustración —convino Tissot.

—Quedaría saber cómo reaccionaría. Y también *cuándo* reaccionaría.

Maigret estaba yendo ya más lejos que ellos. Abandonando la teoría, empezaba a considerar las soluciones prácticas.

Del asesino no se sabía nada. No se tenía su descripción. Hasta entonces solo había actuado en un solo barrio y en un sector determinado, pero eso no quería decir que al día siguiente no se valdría de otro punto de París o de otro lugar.

Lo que hacía que la amenaza fuera tan angustiosa era su vaguedad, su imprecisión.

¿Pasaría un mes antes del siguiente crimen? ¿O solamente tres días?

No se podía mantener cada calle de París en estado de sitio. Incluso las mujeres, que se encerraban en sus casas después de cada crimen, retomaban enseguida su vida normal y se arriesgaban a salir de noche, creyendo que el peligro había pasado.

—Conozco dos casos —dijo Maigret después de una pausa— en que los criminales escribieron a los periódicos para protestar contra el arresto de inocentes.

—Ese tipo de personas suelen escribir a los periódicos, impulsados por lo que yo llamo su exhibicionismo.

—Eso nos ayudaría.

Incluso una carta compuesta con palabras recortadas de

periódicos podía constituir el punto de partida de una investigación en la que no había nada en que apoyarse.

—Evidentemente, esa persona tendría delante una solución diferente…

—Justo lo estaba pensando…

Era una solución muy fácil: justo después del arresto de un supuesto culpable, podría cometer otro asesinato. Tal vez dos o tres…

Se separaron en la calle, delante del coche del profesor, que volvía con su mujer a Ville-d'Avray.

—¿Quieren que les deje en su casa?

—Vivimos en el barrio y solemos ir andando.

—Me da la impresión de que por este asunto tendré que volver como perito al tribunal.

—Eso si logro atrapar al culpable.

—Confío en usted.

Se estrecharon la mano, y a Maigret le pareció que esa noche había nacido una amistad.

—No has tenido ocasión de hablar con ella —dijo un poco más tarde la señora Maigret mientras caminaban por la calle—. Es una lástima, porque es la mujer más inteligente que he conocido. ¿Cómo es su marido?

—Un hombre excelente.

Ella hizo como que no veía lo que hacía furtivamente Maigret, igual que cuando era niño. La lluvia era tan fresca y tan sabrosa que de cuando en cuando sacaba la lengua para recoger algunas gotas, que tenían un gusto especial.

—Parecía que estabais hablando de cosas serias.

—Sí…

Eso fue todo lo que dijo sobre el asunto. Llegaron a casa,

a su piso, donde se habían dejado abiertas las ventanas, por lo que la señora Maigret tuvo que secar un poco de agua del suelo.

Fue quizá mientras se quedaba dormido, o quizás al despertarse por la mañana, cuando Maigret tomó la decisión. Y el azar quiso que esa misma mañana Fierre Mazet, un inspector antiguamente a sus órdenes y al que no veía desde hacía ocho años, se presentase en su despacho.

—¿Qué haces en París?

—Nada, jefe. Me estoy reponiendo. Los mosquitos africanos me han dejado hecho polvo, y los médicos insisten en que descanse unos meses. Me gustaría saber si, después de eso, habría aún un pequeño sitio para mí en el Quai…

—¡Pues claro!

¿Por qué no Mazet? Era inteligente, y no había peligro de que lo reconociesen…

—¿Quieres hacerme un favor?

—¿Hacerle un favor yo a usted?

—Ven a buscarme hacia las doce y media y comemos juntos.

No en la cervecería Dauphine, donde podrían verlos.

—Ahora que lo pienso, no vuelvas por aquí, nada de darse una vuelta por los despachos. Espérame delante de la estación de metro de Châtelet.

Comieron en un restaurante de la calle Saint-Antoine, y el comisario le explicó a Mazet lo que esperaba de él.

Para dar más veracidad al asunto, lo mejor sería que no lo llevase a la policía judicial nadie del Quai des Orfèvres, sino algún inspector del distrito XVIII. El comisario pensó en Lognon. ¿Quién sabe? Quizá aquello sería una oportunidad para este. En lugar de estar patrullando por las calles de Montmartre, se encontraría más íntimamente ligado a la investigación.

—Escoja a uno de sus colegas que no vaya a hablar.

Lognon había elegido a Alfonsi, y la farsa se estaba desarrollando con pleno éxito en lo que respectaba a la prensa, pues todos los periódicos hablaban ya de un sensacional arresto.

Maigret le repitió al juez Coméliau:

—Han presenciado ciertas idas y venidas, y ellos mismos han sacado las conclusiones. Ni yo ni mis colaboradores les hemos dicho nada. De hecho, nos hemos negado a hablar.

Era poco habitual ver una sonrisa, aunque fuera irónica, en el rostro del juez Coméliau.

—¿Y si esta tarde o mañana la gente deja de tomar precauciones a causa de ese arresto…, o de ese falso arresto…, y se comete un nuevo crimen?

—Ya lo he pensado. Pero, en primer lugar, en las próximas noches todos los hombres disponibles de nuestro cuerpo y de las comisarías del distrito dieciocho vigilarán rigurosamente el barrio.

—Eso ya se ha hecho, y sin ningún resultado, me parece a mí…

Era verdad. Pero ¿había que dejar por ello de intentarlo…?

—He tomado otra precaución. He ido a ver al prefecto de policía.

—¿Sin decírmelo?

—Como le he explicado, tengo que llevar yo solo la responsabilidad de lo que pueda ocurrir. Yo no soy más que un policía. Usted es un magistrado.

Aquella palabra complació a Coméliau, que de pronto empezó a matizar su actitud.

—¿Qué le ha pedido al prefecto?

—Autorización para utilizar como voluntarias a cierto número de mujeres pertenecientes a la policía municipal.

Ese cuerpo auxiliar solo se ocupaba, por lo general, de casos relacionados con la infancia y la prostitución.

—Y he reunido cierto número de ellas que presentan determinadas características…

—¿Por ejemplo?

—La talla y la corpulencia. He escogido, entre las voluntarias, a las que se aproximan más al tipo físico de las cinco víctimas. Como ellas, irán vestidas de manera corriente. Tendrán aspecto de ir de un sitio a otro, como cualquier mujer del barrio, y algunas llevarán un paquete o un cesto de la compra.

—En resumen, que está usted tendiendo una trampa…

—Todas las que he escogido han seguido cursos de gimnasia y las han entrenado en judo.

Coméliau estaba, sin embargo, un poco nervioso.

—¿Le ha hablado de esto al fiscal general?

—Lo mejor es que no.

—¿Comprende, comisario, que todo esto no me gusta nada?

Entonces Maigret le respondió con un candor conmovedor:

—A mí tampoco, señor juez.

Era la verdad.

¿No había que intentar impedir por todos los medios que continuase la hecatombe?

—De manera oficial, no estoy al corriente, ¿verdad? —dijo el magistrado mientras acompañaba a su visitante a la puerta.

—Usted no sabe absolutamente nada.

Y Maigret habría preferido que eso fuese verdad.

3

Un barrio en estado de sitio

Tanto el Barón, que había frecuentado la policía judicial casi el mismo número de años que Maigret, como Rougin, muy joven pero ya más astuto que sus colegas, y otros cuatro o cinco periodistas de menor importancia, de los que Maguy era la más peligrosa, ya que no dudaba en empujar con aire inocente cualquier puerta que no se hubiera tenido la precaución de cerrar con llave o en coger cualquier papel del suelo, además de uno o dos fotógrafos —a veces alguno más—, pasaban buena parte del día en el pasillo del Quai des Orfèvres, donde habían instalado su cuartel general.

A veces desaparecía gran parte del grupo para ir a refrescarse a la cervecería Dauphine o para llamar por teléfono, pero siempre dejaban a alguno haciendo guardia, de modo que la puerta del despacho de Maigret no se quedaba sin vigilancia.

Rougin había tenido la idea de destacar a un empleado de su periódico para que siguiera a Lognon, por lo que este se encontraba vigilado desde que salía cada mañana de su casa en la plaza Constantin-Pecqueur.

Esa gente se las sabía todas, según expresión de los periodistas, y tenían casi tanta experiencia en los asuntos policiales como cualquier inspector veterano.

Sin embargo, nadie sospechaba nada de la operación que tenía lugar casi delante de sus ojos, de aquella gigantesca puesta en escena que había comenzado a primera hora del día, mucho antes de la visita de Maigret al juez Coméliau.

Por ejemplo, inspectores que pertenecían a distritos lejanos, como el XII, el XIV y el XV, habían salido de casa vestidos de manera diferente a lo acostumbrado, algunos de ellos llevaban una maleta, o incluso un baúl, y, según las instrucciones recibidas, habían tomado la precaución de dirigirse en primer lugar a una de las estaciones de tren de la capital.

El calor era tan asfixiante como el día anterior, la vida marchaba al ralentí salvo en los barrios frecuentados por los turistas. Por casi todas partes se veía desfilar coches llenos de extranjeros y se oía la voz de los guías.

En el distrito XVIII, sobre todo el sector en el que se habían cometido los cinco crímenes, los taxis se detenían ante los hoteles y las pensiones y bajaban personas con equipaje que decían llegar de provincias y pedían una habitación insistiendo en que la ventana diese a la calle.

Todo esto se llevaba a cabo según un plan preciso, y ciertos inspectores habían recibido la orden de ir acompañados por sus mujeres.

Era poco habitual que se tomaran tantas precauciones. Pero ¿en quién se podía confiar en un caso como aquel? No se sabía nada del asesino. Era un aspecto de la cuestión del que Maigret y el profesor Tissot habían hablado en el curso de la velada en casa de Pardon.

—En resumen, a excepción de sus agresiones, se comporta sin duda como un hombre normal. En caso contrario, sus extravagancias habrían llamado la atención.

—Sin duda, es como usted dice —había dicho el psiquiatra con tono de aprobación—. Y también es probable que, en cuanto a su aspecto, sus actitudes o su profesión, sea alguien de quien nunca sospecharíamos.

No se trataba de un obseso sexual cualquiera, porque a estos los conoce la policía y porque, después del crimen del 2 de febrero, los habían vigilado, sin obtener ningún resultado. No era tampoco uno de esos desechos humanos o uno de esos seres inquietantes que uno se vuelve a mirar por la calle.

¿Qué había hecho hasta su primer crimen? ¿Qué hacía entre uno y el siguiente?

¿Era un solitario que vivía en un piso o en una pensión?

Maigret habría jurado que no, que era un hombre casado con una vida normal, y Tissot también se inclinaba por esta hipótesis.

—Todo es posible —había dicho el profesor suspirando—. Si me dijeran que es uno de mis colegas, no lo pondría en duda. Podría ser cualquiera, un obrero, un empleado, un pequeño comerciante o un importante hombre de negocios.

También podía ser el gerente de alguno de los hoteles que ocupaban los inspectores, y por eso no decían al llegar, como solía ser el caso: «¡Policía! Deme una habitación con vistas a la calle, y ni una palabra a nadie».

Tampoco convenía fiarse de los porteros. Ni de los confidentes de la policía en el barrio.

Cuando Maigret regresó a su despacho de la visita a Coméliau, se le echaron encima los periodistas, como el día anterior.

—¿Estaba usted hablando con el juez de instrucción?

—Le he hecho una visita, como cada mañana.

—¿Le ha puesto al corriente del interrogatorio de ayer?

—Hemos estado charlando.

—¿Aún no quiere usted decir nada?

—No tengo nada que decir.

Fue al despacho del jefe. La presentación de los informes había terminado hacía rato. El director también estaba preocupado.

—¿Le ha pedido Coméliau que renuncie?

—No. Pero me ha dado a entender que, en caso de fiasco, se desentenderá de mí.

—¿Y usted sigue teniendo confianza?

—Más me vale.

Maigret no se tomaba aquel experimento a la ligera, y era consciente de las responsabilidades que asumía.

—¿Cree que los periodistas llegarán hasta el final?

—Estoy haciendo lo imposible para que así sea.

Por lo general mantenía una cordial colaboración con la prensa, la cual también le prestaba valiosos servicios. Pero esta vez no podía permitirse una indiscreción. Incluso los inspectores desplegados en el barrio de Grandes-Carrières ignoraban aún de qué se trataba exactamente Habían recibido el mandato de actuar de tal manera, de apostarse en tal lugar y de esperar órdenes. Sospechaban que estaba relacionado con el caso, pero no sabían nada de la operación en conjunto.

—¿Cree que el asesino es inteligente? —le había preguntado Maigret al profesor Tissot la noche anterior.

Maigret se había ya formado su idea al respecto, pero quería recibir una confirmación.

—Creo que debe de poseer el tipo de inteligencia de la mayoría de este tipo de personas. Por ejemplo, instintivamente es capaz de representar su papel de modo extraordinario. Suponiendo que esté casado, está obligado, por ejemplo, a recobrar su aspecto normal y la sangre fría cuando vuelve a su casa después de cometer uno de sus crímenes. Si es soltero, se encontrará al menos con otras personas, aunque solo sea su patrona, su portera, su criada, qué sé yo… Al día siguiente tiene que volver a su despacho o a su taller, y tiene que estar en presencia de personas que le hablarán del asesino de Montmartre. Sin embargo, en seis meses nadie ha sospechado nada. En seis meses no se ha equivocado una sola vez sobre los elementos de tiempo y lugar. No hay ningún testigo que pueda afirmar haberlo visto en acción, ni siquiera huyendo del lugar del crimen.

Esto provocó en la mente del comisario una pregunta que lo perturbó.

—Me gustaría saber su opinión sobre un detalle. ¿Acaba de decir que ese hombre se comporta casi todo el tiempo como un hombre normal y que, sin duda, piensa más o menos como un hombre normal?

—Comprendo lo que quiere decir. Sí, es probable.

—En cinco ocasiones ha tenido lo que yo llamaría una crisis; en cinco ocasiones ha salido de su normalidad para asesinar. ¿En qué momento surge el impulso? ¿Entiende lo que quiero decir? ¿En qué momento cesa de comportarse como usted y como yo y se convierte en un asesino? ¿Es algo que le sobreviene en cualquier momento del día y después espera a que caiga la noche mientras prepara su plan de acción? ¿O, por el contrario, el impulso solo le sobreviene en el momento en que se le presenta la ocasión, en el instante en que, yendo por una calle desierta, ve a una posible víctima?

Para Maigret la respuesta era de una importancia capital, porque podía estrechar o ensanchar el campo de sus investigaciones.

Si sentía el impulso en el momento de matar, el hombre vivía sin duda en el barrio de Grandes-Carrières o en los alrededores, o al menos iba allí de noche, por su profesión o por otras razones banales.

En caso contrario, era posible que llegara de cualquier otro sitio y escogiera las calles que van de la plaza Clichy a la calle Lamarck y a la calle des Abbesses por conveniencia o por razones que solo él conocía.

Tissot reflexionó un buen rato antes de hablar.

—Evidentemente, no puedo establecer un diagnóstico como si tuviera al paciente delante de mí…

Había dicho «paciente» como si se tratase de uno de sus enfermos, y la palabra, que no escapó al comisario, le hizo gracia. Eso le confirmaba que los dos veían la tragedia desde la misma perspectiva.

—En mi opinión, sin embargo, por valerme de una comparación, es que llega un momento en que sale de caza, como una fiera, como un felino o, simplemente, como un gato. ¿Alguna vez ha observado a un gato?

—Muchas veces, cuando era joven.

—Sus movimientos cambian. Se mueve recogido sobre sí mismo, con todos los sentidos alerta. Es capaz de percibir el menor sonido, el mínimo rumor, el olor más tenue, a distancias considerables. En esos momentos olfatea los peligros y los evita.

—Entiendo.

—Cuando nuestro hombre se encuentra en ese estado, es como si tuviera una segunda vista.

—Y supongo que no hay nada que le permita formarse una hipótesis sobre qué podría poner en marcha el mecanismo...

—Nada. Podría ser un recuerdo, la imagen de una mujer que pasa entre la multitud, una bocanada de cierto perfume, una frase captada al vuelo... Podría ser cualquier cosa, incluso la visión de un cuchillo o de un vestido de cierto color. ¿Ha tomado usted nota de los vestidos que llevaban las víctimas? La prensa no ha dicho nada.

—Los colores eran diferentes, casi todos demasiado neutros como para verse claramente de noche.

Al entrar en su despacho se quitó la chaqueta y la corbata y se desabrochó el cuello de la camisa, al igual que había hecho el día anterior, y, como el sol daba de lleno en su silla, bajó la persiana de color chillón. Después abrió la puerta del despacho de los inspectores.

—¿Estás ahí, Janvier?

—Sí, jefe.

—¿Alguna novedad? ¿No hay cartas anónimas?

—Solamente cartas de personas que denuncian a sus vecinos.

—Que se hagan las comprobaciones. Y que me traigan a Mazet.

Este no había dormido en la prisión preventiva, sino que había vuelto a su casa tras salir del Palacio de Justicia por una portezuela. Después, a las ocho de la mañana, había vuelto a su lugar en la Ratonera.

—¿Bajo yo mismo?

—Será lo mejor.

—¿También sin esposas?

—Sí.

No quería llevar la trampa hasta ese punto frente a los periodistas. Que sacaran las conclusiones que les viniera en gana de lo que vieran, pero Maigret no pensaba trucar las cartas.

—¿Hola? Póngame con la comisaría de Grandes-Carrières, por favor... Con el inspector Lognon... ¿Hola? ¿Lognon?... ¿Alguna novedad?

—Alguien me estaba esperando esta mañana delante de mi puerta y me ha seguido. Está frente a la comisaría.

—¿No se oculta?

—No. Creo que es un periodista.

—Que le comprueben la documentación. ¿Va todo tal como se ha planeado?

—He encontrado tres habitaciones en casas de amigos. Ellos no saben de qué se trata. ¿Quiere las direcciones?

—No. Pásate por aquí dentro de tres cuartos de hora.

Pierre Mazet hizo su aparición en el pasillo, escoltado por dos inspectores y con el sombrero delante de la cara, la misma escena que el día anterior. Los fotógrafos hicieron funcionar sus cámaras. Los periodistas lanzaron preguntas que quedaron sin respuesta. Maguy consiguió que se le cayera el sombrero, que ella misma cogió del suelo mientras el hombre que había vivido en las colonias se tapaba la cara con las manos.

La puerta se cerró, y el despacho de Maigret no tardó en tomar el aspecto de un puesto de mando.

La representación continuaba en silencio en las apacibles calles de Montmartre, donde numerosas tiendas había cerrado para quince días o un mes por las vacaciones.

Más de cuatrocientas personas cumplían un papel en la obra, no solo los que acechaban en los hoteles y en los pocos pisos de los que se podía disponer sin peligro de indiscreción, sino también los que iban a ocupar puestos específicos en las estaciones de metro, en las paradas de autobuses y en las pequeñas tabernas y bares que abrían de noche.

Para que todo ello no cobrara visos de una invasión, habían procedido por etapas.

Las mujeres auxiliares también recibían instrucciones detalladas por teléfono y, como en un cuartel general, se extendían planos en los que se anotaba la posición que ocupaba cada uno.

Veinte inspectores, escogidos de entre los que no solían aparecer en público, habían alquilado coches con matrículas falsas, no solo en París, sino también en las afueras y hasta en Versalles, y, en el momento preciso, los aparcaban en lugares estratégicos, procurando que no destacasen entre los demás vehículos.

—Di que suban cerveza, Lucas.

—¿Y bocadillos?

—Será lo mejor.

No era solo por los periodistas, para hacerles creer que se estaba llevando a cabo un nuevo interrogatorio, sino porque estaban muy ocupados y nadie tendría tiempo de ir a almorzar.

Llegó Lognon con su corbata roja y su sombrero de paja. Nada más verlo, uno se preguntaba qué es lo que había cambiado y se sorprendía al constatar hasta qué punto el color de una corbata puede transformar a un hombre. Tenía un aspecto casi jovial.

—¿Te ha seguido ese tipo?

—Sí. Está en el pasillo. Está claro que es un periodista.

—¿Hay alguno más por los alrededores de la comisaría?

—Hay uno en la propia comisaría.

El primer periódico habló del asunto cerca del mediodía. Repetía información de las ediciones de la mañana y añadía que en el Quai des Orfèvres seguía reinando la fiebre de los días importantes, pero que la identidad del hombre al que se había detenido estaba envuelta en el secreto más absoluto.

«De haber sido posible —decía, entre otras cosas—, sin duda la policía le habría puesto al prisionero una máscara de hierro».

Eso le hizo gracia a Mazet, que estaba ayudando a los demás: llamaba por teléfono, ponía en el plano cruces con lápiz azul o rojo, feliz de respirar de nuevo el ambiente de aquel lugar, donde se sentía como en su casa.

La atmósfera cambió cuando el camarero de la cervecería Dauphine llamó a la puerta, pues ante él había que representar la comedia. Después todos se precipitaron sobre las cervezas y los bocadillos.

Los periódicos de la tarde no publicaron ningún mensaje del asesino, quien no parecía tener intención de dirigirse a la prensa.

—Voy a descansar un rato, muchachos. Esta noche tengo que estar fresco y despejado.

Maigret atravesó el cuarto de los inspectores, entró en un pequeño despacho, donde no había nadie, se sentó en un sillón y unos minutos más tarde estaba dormido.

Hacia las tres devolvió a Mazet a la Ratonera y les ordenó a Janvier y a Lucas que fueran a descansar por turnos. En cuanto a Lapointe, se paseaba vestido con un mono de trabajo azul por las calles del barrio de Grandes-Carrières conduciendo un mototriciclo. Con la boina inclinada sobre la oreja y la colilla pegada al labio inferior, parecía una muchacho de dieciocho años; de vez en cuando llamaba al cuartel general desde alguna taberna en la que paraba a tomar un vino blanco con agua de Vichy.

A medida que pasaba el tiempo todos comenzaban a enervarse, y el mismo Maigret iba perdiendo un poco de su aplomo.

Nada indicaba que pudiera ocurrir algo aquella noche. Incluso aunque el hombre decidiera matar de nuevo para reafirmarse, podía hacerlo el día siguiente por la noche o dos, ocho o diez días más tarde, y sería imposible mantener tantos efectivos en estado de alerta durante tanto tiempo.

También era imposible guardar durante toda una semana un secreto que conocía tanta gente.

¿Y si el hombre decidía actuar enseguida?

Maigret tenía siempre presente su conversación con el profesor Tissot, y a cada instante le venían retazos a la memoria.

¿En qué momento le sobrevendría el impulso? En aquellos instantes, mientras ellos estaban ocupados en tender la trampa, el asesino solo era un hombre como los demás para cualquiera que pasase junto a él. Las personas le hablaban, le servían la mesa, le estrechaban la mano. Él hablaba también, sonreía, quizás reía.

¿Se habría producido ya el detonante? ¿Se habría producido por la mañana, al leer los periódicos?

¿No podría ocurrir que se dijera a sí mismo que la policía iba a dejar de buscar, puesto que creía haber atrapado al culpable, y que, por tanto, él se encontraba seguro?

¿Qué podía demostrar que Tissot y el comisario no se habían equivocado, que no habían juzgado mal la reacción de esa persona a la que el profesor había llamado su «paciente»?

Hasta ahora solo había matado de noche, había esperado siempre a que cayese la oscuridad. Pero, a esa hora, a causa de las vacaciones, había en París infinidad de calles en las que durante muchos minutos no se veía un solo transeúnte.

A Maigret le recordaba las calles del Mediodía en verano, a la hora de la siesta, los postigos cerrados, el amodorramiento cotidiano de todo un pueblo o de toda una ciudad bajo el sol aplastante.

En aquella jornada, había en Montmartre calles así o muy semejantes.

Ahora bien, la policía había llevado a cabo cierto número de reconstrucciones.

En cada uno de los lugares donde se había cometido un crimen, la topografía era tal que el asesino podía desaparecer en un tiempo mínimo. Con más rapidez de noche que de día, por supuesto, pero incluso en pleno día, con circunstancias favorables, podía matar, rasgar las vestiduras de sus víctimas y alejarse de allí en menos de dos minutos.

Por otro lado, ¿por qué tenía que ocurrir en la calle? ¿Qué le impedía llamar a la puerta de un piso en el que supiese que iba a encontrar una mujer sola y actuar entonces como lo hacía en la vía pública? Nada, pero los maniacos, como la mayor parte de los criminales, incluso los ladrones, emplean casi siempre la misma táctica y repiten hasta los menores detalles.

Habría luz hasta cerca de las nueve. No sería por completo de noche hasta al menos las nueve y media. La luna, que se encontraba en su cuarto menguante, no iluminaría mucho, y existía la posibilidad de que, como había ocurrido la noche anterior, estuviera velada por las nubes de calor.

Todos esos detalles tenían su importancia.

—¿Siguen en el pasillo?

—Solamente está el Barón.

A veces se ponían de acuerdo entre ellos para que uno montase guardia y pudiera avisar a sus colegas en caso de algún acontecimiento.

—A las seis, que se vaya todo el mundo como de costumbre, excepto Lucas, que seguirá aquí, y que Torrence venga a las ocho.

Maigret se fue a tomar el aperitivo a la cervecería Dauphine con Janvier, Lognon y Mauvoisin.

A las siete se marchó a casa y cenó con la ventana abierta sobre el bulevar Richard-Lenoir, que estaba más tranquilo que en ningún otro momento del año.

—Has pasado calor… —comentó la señora Maigret mirándole la camisa—. Si vas a salir, mejor será que te cambies.

—Voy a salir.

—¿No ha confesado?

Maigret prefirió no responder, porque no quería mentirle.

—¿Volverás tarde?

—Es muy probable.

—¿Tú crees que podremos tomarnos vacaciones cuando termine este asunto?

Durante el invierno habían planeado un viaje a Beuzec-Conq, en Bretaña, cerca de Concarneau, pero como ocurría todos los años, iban aplazando las vacaciones de un mes al siguiente.

—¡Puede ser! —dijo Maigret con un suspiro.

En caso contrario, significaría que su maniobra había fracasado, que el asesino había logrado eludir la justicia o que no había reaccionado como Tissot y él habían supuesto. Significaría también nuevas víctimas, la impaciencia de la opinión pública y de la prensa, la ironía o el furor del juez Coméliau, o incluso, como sucedía a menudo, las interpelaciones en la Cámara y tener que dar explicaciones a sus superiores.

Significaría sobre todo mujeres muertas, mujeres bajitas y rechonchas, con aspecto de buenas amas de casa, que volvían de hacer un recado o de hacer una visita por la tarde en el barrio.

—Pareces cansado.

No tenía prisa por salir. Cuando terminó de cenar, se entretuvo fumando una pipa y pensando en servirse una copita de licor de endrina. Acabó por plantarse ante la ventana y acodarse en el alféizar.

La señora Maigret ya no quiso molestarlo. Cuando fue a buscar su chaqueta, ella le llevó una camisa limpia y le ayudó a ponérsela. Aunque Maigret trató de actuar con toda la discreción que pudo, su mujer lo vio abrir un cajón y coger su pistola automática, que se guardó en un bolsillo.

No solía hacer eso. No tenía ningún deseo de matar a nadie, ni siquiera a un ser tan peligroso como aquel. Aun así, había dado orden a todos sus colaboradores de que fuesen armados y de que protegieran a las mujeres *a cualquier precio*.

No fue al Quai. A las nueve llegó a la esquina del bulevar Voltaire, donde lo esperaba un coche que no pertenecía a la policía. El conductor, de la comisaría del distrito XVIII, llevaba uniforme de chófer.

—¿Vamos ya, jefe?

Maigret se instaló en el asiento del fondo, hundido ya en la penumbra, y de esa forma el coche parecía uno de esos coches que los turistas alquilan por un día cerca de la Madeleine o de la Ópera.

—¿A la plaza Clichy?

—Sí.

Durante el trayecto no dijo una palabra. Al llegar a la plaza Clichy, murmuró entre dientes:

—Ve calle Caulaincourt arriba, despacio, como si fueras leyendo los números de las casas.

Alrededor de los bulevares las calles estaban muy animadas, y por todas partes la gente salía a las ventanas a tomar el fresco. Había también gente más o menos desaliñada en las terrazas de los cafés, y en casi todos los restaurantes servían de comer en la acera.

Parecía imposible que se cometiera un crimen en esas condiciones, y, sin embargo, eran casi las mismas que cuando habían encontrado muerta a Georgette Lecoin, la última víctima hasta la fecha, en la calle Tholozé, a menos de cincuenta metros de una sala de baile cuyo letrero de neón rojo iluminaba la acera.

Para quien conociera el barrio a fondo, cerca de las arterias animadas existían cientos de calles desiertas, cientos de rincones donde cometer un ataque casi sin correr riesgo.

Dos minutos. Se había calculado que al asesino solo le bastaban dos minutos, y, si era hábil, menos aún.

Y, una vez cometido su crimen, ¿qué le impulsaba a rasgar el vestido de la víctima?

A ella no la tocaba. Para él no se trataba, como en otros casos conocidos, de poner al descubierto los atributos sexuales. Rasgaba la tela a cuchilladas, como poseído por una especie de rabia, como un niño que se ensaña con una muñeca o pisotea un juguete.

Tissot había hablado de eso también, pero con reticencia. Se notaba que le tentaba adoptar ciertas teorías de Freud y sus discípulos, pero se habría dicho que eso le parecía demasiado fácil.

—Haría falta conocer su pasado, incluso su infancia, encontrar el trauma inicial, que tal vez él mismo haya olvidado…

Cada vez que Maigret pensaba de esa forma en el asesino, una impaciencia febril se apoderaba de él. Tenía prisa por poder imaginar un rostro de rasgos precisos, una silueta humana, en lugar de esa vaga entidad que llamaban «el asesino», o «el demente», o incluso «el monstruo», y a la que Tissot, como en un lapsus, había llamado el «paciente».

Maigret estaba furioso debido a su propia impotencia. Era casi un desafío personal que le lanzaban.

Habría querido encontrarse cara a cara con ese hombre, no importaba dónde, mirarlo bien al rostro, directamente a los ojos, y ordenarle: «Ahora, habla».

Necesitaba saber. La espera angustiosa le impedía centrar toda su atención en los detalles materiales.

De manera automática, localizaba a sus hombres en los lugares donde estaban apostados. No los conocía a todos. Muchos no pertenecían a su cuerpo de policía. Solo sabía que aquella silueta tras aquella cortina tenía tal nombre; que aquella mujer que pasaba sofocada, Dios sabía adónde, con andares nerviosos a causa de los tacones demasiado altos, era una de las auxiliares.

A partir de febrero, tras su primer crimen, el hombre había retrasado cada vez más la hora de los ataques, desde las ocho de la noche hasta las nueve cuarenta y cinco. Pero ¿y ahora que los días se acortaban en lugar de alargarse y que anochecía antes?

De un momento a otro podría oírse el grito de un transeúnte al tropezar en la oscuridad con un cuerpo tendido en la acera. Así era como se había encontrado a la mayor parte de las víctimas, tan solo minutos después del crimen, excepto a una sola, que, según el médico forense, se había encontrado un cuarto de hora más tarde.

El coche había dejado atrás la calle Lamarck y había entrado en un sector donde no se había cometido ninguno de los crímenes.

—¿Qué hago, jefe?

—Sigue y vuelve por la calle des Abbesses.

Habría podido estar en contacto con algunos de sus colaboradores cogiendo un coche con radio, pero habría resultado demasiado visible.

¿Quién sabe si antes de cada ataque el hombre estudiaba durante horas las idas y venidas en el barrio?

Casi siempre se sabe que un asesino pertenece a tal o cual categoría, e, incluso cuando no se posee su descripción, se tiene una idea de su aspecto general y del medio social en el que se desenvuelve.

«Que no haya víctimas esta noche».

Era una plegaria como la que hacía de niño antes de dormirse, pero ni siquiera se daba cuenta.

—¿Ha visto?

—¿Qué?

—El borracho, junto al farol.

—¿Quién es?

—Uno de mis compañeros, Dutilleux. Le encanta disfrazarse. Sobre todo de borracho.

A las diez menos cuarto, aún no había pasado nada.

—Para delante de la cervecería Pigalle.

Maigret pidió una cerveza, se encerró en la cabina y llamó a la policía judicial. Cogió el teléfono Lucas.

—¿Nada?

—Todavía nada. Solo una mujer pública que se ha quejado de que la ha molestado un marinero extranjero.

—¿Está Torrence contigo?

—Sí.

—¿Y el Barón!

—Debe de haberse ido a dormir.

Ya había pasado la hora en que se cometió el último crimen. ¿Significaba eso que el hombre se preocupaba menos de la oscuridad que de la hora, o que el falso arresto no había ejercido ningún efecto sobre él?

Maigret esbozaba una sonrisa irónica al volver al coche, pero la ironía iba dirigida a él mismo. Quizá aquel hombre al que acechaba de ese modo por las calles de Montmartre estuviera en ese momento de vacaciones en una playa de Calvados, o en una pensión familiar en el campo, ¿quién sabía?

A menudo el desaliento se apoderaba de él de un segundo a otro. Sus esfuerzos y los de sus colaboradores le parecían vanos, ridículos.

¿En qué estaba basada aquella trampa que tanto tiempo había necesitado para montar? En nada. En menos que nada. En una especie de intuición que había tenido después de una buena cena, mientras charlaba en un apacible salón de la calle Picpus con el profesor Tissot.

Pero ¿no se habría espantado el propio Tissot de enterarse de la importancia que había concedido que el comisario a una conversación sin fundamento?

¿Y si a aquel hombre no lo impulsaba de ningún modo el orgullo o el deseo de afirmarse?

Todas aquellas palabras que había pronunciado como si hiciera un descubrimiento ahora lo descorazonaban.

Había pensado demasiado. Se había ocupado demasiado del problema. Ya no creía en aquello; llegaba incluso a dudar de la realidad del asesino.

—¿Adónde, jefe?

—Adonde tú quieras.

El asombro que le transmitieron los ojos del conductor, que se había vuelto hacia él, le hizo cobrar conciencia de su propio descorazonamiento, y sintió vergüenza. No tenía derecho a perder la fe delante de sus colaboradores.

—Sube por la calle Lepic hasta el final.

Pasó delante del Moulin de la Galette y miró el lugar

exacto de la acera en que se había encontrado el cuerpo de la comadrona Joséphine Simmer.

La realidad estaba allí. Se habían cometido cinco asesinatos. Y el asesino seguía en libertad, tal vez listo para actuar de nuevo.

¿Acaso aquella mujer que bajaba por la calle dando pasitos, de unos cuarenta años, sin sombrero, tirando de la correa de un perro de aguas, no era una de las auxiliares?

¿Y acaso en las calles circundantes no había otras que estaban arriesgando su vida en aquellos momentos? Eran voluntarias. Y él les había asignado su misión. Tenía que protegerlas.

¿Se habían tomado todas las disposiciones?

A mediodía, en teoría, el plan parecía perfecto. Cada sector considerado peligroso había quedado vigilado. Las auxiliares habían ocupado sus puestos. Había vigías invisibles listos para intervenir.

Pero ¿no habrían pasado por alto algún rincón? ¿No abandonaría su puesto alguno de los hombres, aunque solo fuera un minuto?

Después del desaliento, se apoderaba de Maigret el miedo, y quizá, si hubiera sido posible, habría ordenado que lo interrumpieran todo.

¿No había durado ya lo bastante la experiencia? Eran las diez y no había pasado nada. No pasaría nada, y mejor que fuera así.

La plaza du Tertre parecía una feria: había mucha gente en torno a las mesitas, en las que les servían un vino rosado, y la música estallaba por todos los rincones; un hombre tragaba fuego; otro, a pesar del alboroto, se obstinaba en tocar con su violín una melodía de 1900. Ahora bien, a menos de cien metros, las calles estaban desiertas y el asesino podía actuar sin riesgo.

—Volvamos.

—¿Por el mismo camino?

Habría sido mejor atenerse a los métodos habituales, aunque fueran tan lentos, aunque no hubieran dado resultado en seis meses.

—Dirígete a la plaza Constantin-Pecqueur.

—¿Por la avenida Junot?

—Como quieras.

Algunas parejas caminaban despacio por las aceras, cogidas del brazo, y Maigret vio a un hombre y una mujer boca contra boca, con los ojos cerrados, en una esquina justo debajo de un farol.

Había dos cafés aún abiertos en la plaza Constantin-Pecqueur, y no se veía luz en las ventanas de Lognon. Este, que era quien mejor conocía el barrio, recorría las calles a pie, como un perro de caza que bate la maleza, y por un momento el comisario se lo imaginó con la lengua colgando y el aliento entrecortado como un podenco.

—¿Qué hora es?

—Las diez y diez. Más exactamente, las diez y nueve.

—Calla…

Aguzaron el oído y les pareció oír carreras de personas que iban calle arriba, hacia la avenida Junot, de donde ellos venían.

Antes de las carreras se había oído otra cosa: un pitido de silbato, tal vez dos.

—¿Dónde es eso?

—No lo sé.

Era difícil percibir la dirección exacta de la que venían los ruidos.

Antes de que volvieran a arrancar, un pequeño coche negro, de la policía judicial, pasó rozándolos a toda velocidad hacia la avenida Junot.

—Síguelo.

Otros coches aparcados, que momentos antes parecían desocupados, se habían puesto todos en movimiento en la misma dirección, y otros dos pitidos rasgaron el aire, esta vez más cerca, pues el coche de Maigret había recorrido ya quinientos metros.

Se oían voces de hombres y de mujeres. Alguien corría por la acera, y otra silueta caía rodando por las escaleras de piedra.

Al fin había ocurrido algo.

4

La cita de la auxiliar

Al principio todo resultaba tan confuso en las calles mal iluminadas que era imposible saber qué había ocurrido, y solo mucho más tarde, cuando se recabaron suficientes testimonios —por otro lado, no muy exactos—, se pudo tener una idea general.

Maigret, cuyo conductor recorría a toda velocidad las callejuelas en cuesta, que por la noche adquirían el aspecto de un decorado de teatro, no sabía ya muy bien dónde se encontraba, solo que se acercaba a la plaza du Tertre, donde le pareció vagamente oír la música.

Lo que aumentaba la confusión es que había movimiento en los dos sentidos. Los coches y la gente que corría —la mayor parte, agentes de policía— convergían hacia un punto que parecía estar en algún lugar de la calle Norvins, en tanto que otras personas, una bicicleta sin luces, dos coches, después tres, corrían en el otro sentido.

—¡Por allí! —gritó alguien—. Lo he visto pasar…

Perseguían a un hombre, tal vez fuera alguno de los que había visto el comisario. Le pareció también reconocer al inspector Malasombra al ver a un pequeño individuo que corría muy deprisa y que había perdido el sombrero; pero no podía estar seguro.

Lo que para él contaba en ese momento era saber si el asesino lo había logrado, si había una mujer muerta, y cuando por fin divisó un grupo de una docena de personas en la oscuridad de una acera, lo primero que hizo fue mirar al suelo con ansiedad.

No tuvo la impresión de que la gente se inclinara hacia el suelo. Los vio gesticular, y en la esquina de una callejuela, un agente de uniforme, surgido de Dios sabe dónde, trataba de contener a los curiosos que ya estaban acudiendo desde la plaza du Tertre.

Alguien surgió de la oscuridad y se acercó a él cuando salía del coche.

—¿Es usted, jefe?

La luz de una linterna buscó su rostro, como si nadie se fiara de nadie.

—No está herida.

Maigret tardó unos instantes en reconocer a quien le hablaba, a pesar de que era un inspector de la policía judicial.

—¿Qué ha pasado?

—No lo sé exactamente. El hombre ha conseguido huir. Están persiguiéndolo. Me sorprendería que fuese capaz de escapar, con todo el barrio en estado de sitio.

Finalmente, Maigret llegó al centro de aquella agitación: una mujer vestida con un traje azul muy claro que le recordaba algo y cuyo pecho subía y bajaba a un ritmo acelerado. La mujer empezaba a esbozar una sonrisa temblorosa, como hace quien acaba de escapar de un peligro.

Reconoció a Maigret.

—Le ruego que me perdone por no haber conseguido dominarlo. Todavía me pregunto cómo ha podido escapárseme de las manos.

La mujer ya no sabía a quién le había contado el principio de su aventura.

—¡Tenga! Uno de los botones de su chaqueta se me ha quedado en la mano.

Le alargó al comisario un objeto diminuto, liso y oscuro, con hilo todavía, y quizás un poco de tela que había quedado enganchado.

—¿Te ha atacado?

—Cuando pasaba frente a este callejón.

Había una especie de pasillo completamente oscuro, sin puerta, que desembocaba en la calle.

—Yo estaba al acecho. Al ver el callejón he sentido como una intuición y he tenido que hacer un esfuerzo para seguir caminando al mismo paso.

A Maigret le pareció por fin reconocerla, o en todo caso reconoció el azul del vestido. ¿No era la misma chica que había visto un rato antes en un rincón, colgada de un hombre, con los labios pegados a los suyos?

—Esperó a que dejara atrás la embocadura, y justo entonces he notado un movimiento, el aire que se agitaba detrás de mí. Una mano ha tratado de cogerme la garganta y, no sé cómo, he conseguido hacerle una llave de judo.

Había debido de correr el rumor por la plaza de Tertre, y la mayoría de los noctámbulos abandonaban las mesas cubiertas con manteles a cuadros rojos, los farolillos venecianos y las garrafas de vino rosado y echaban a correr en la misma dirección. El agente de uniforme estaba desbordado.

Un furgón policial subía por la calle Caulaincourt. Iban a intentar canalizar a la multitud.

¿Cuántos inspectores habría en las calles aledañas, en los recovecos imprevistos, en los múltiples escondrijos para acechar al fugitivo?

Maigret tuvo la impresión de que, al menos desde ese punto de vista, la partida estaba perdida. Una vez más, el asesino había hecho gala de un rasgo genial: actuar a menos de cien metros de una especie de feria, sabiendo que, al dar la alerta, la multitud sembraría el desorden.

Según recordaba —no se tomó tiempo de consultar su plan de batalla—, Mauvoisin era quien estaba al mando de aquel sector y, por tanto, él se ocupaba de dirigir las operaciones. Lo buscó con la mirada, pero no lo vio.

La presencia del comisario no servía de nada. Lo demás era ahora una cuestión de suerte.

—Sube a mi coche —le dijo a la joven.

La había reconocido como una de las auxiliares, y aún lo molestaba haberla visto poco antes en los brazos de un hombre.

—¿Cómo te llamas?

—Marthe Jusserand.

—¿Tienes veintidós años?

—Veinticinco.

Era más o menos de la misma constitución que las cinco víctimas del asesino, pero toda músculo.

—A la policía judicial —ordenó Maigret al conductor.

Era mejor acudir adonde toda la información terminaría por converger inevitablemente que quedarse en medio de aquella agitación en desorden.

Un poco más lejos divisó a Mauvoisin, que estaba dando instrucciones a sus colaboradores.

—¡Me vuelvo al Quai! —le gritó—. Que me tengan al corriente.

Llegó un coche con radio. Otros dos, que debían de patrullar los alrededores, no tardarían en llevar refuerzos.

—¿Has pasado miedo? —le preguntó a su acompañante cuando el coche circulaba con calles donde la actividad era normal.

Había gente saliendo de un cine en la plaza Clichy. La visión de los cafés y los bares iluminados resultaba tranquilizadora. Aún había clientes en las terrazas.

—No tanto en el momento, pero sí un instante después. He notado que las piernas me flaqueaban.

—¿Lo has visto?

—Por un instante su cara ha estado muy cerca de la mía, pero aun así no sé si sabría reconocerlo. Fui profesora de gimnasia durante tres años, antes de hacer oposiciones a la policía. Soy muy fuerte, ¿sabe? Hago judo, como las otras auxiliares.

—¿Has gritado?

—No lo sé.

Más tarde, por el relato del inspector apostado en la ventana de una pensión cercana, se sabría que no pidió auxilio hasta que su agresor se hubo marchado.

—Lleva un traje oscuro. Tiene el pelo castaño claro y parece muy joven.

—¿Qué edad crees que tiene?

—No lo sé. Estaba muy trastornada. Tenía en la cabeza lo que debía hacer en caso de ataque, pero cuando ha llegado, se me ha olvidado todo. Pensaba en el cuchillo que llevaba en la mano.

—¿Lo has visto?

Ella guardó silencio unos segundos y respondió:

—Ahora no sé si lo he visto, o si solo he creído verlo porque sabía que lo llevaba. Pero juraría que tiene los ojos grises o azules. Parecía estar sufriendo. He conseguido cogerlo por el antebrazo, y creo que le estaba haciendo mucho daño. En cuestión de segundos habría tenido que doblegarse y caer en la acera.

—Pero se ha soltado…

—Así es. Se me ha escapado de las manos, no sé cómo. He agarrado algo, el botón de su chaqueta, y un momento más tarde solo tenía el botón entre los dedos y he visto una figura que corría. Todo ha sido muy rápido. Aunque a mí me ha parecido muy largo.

—¿Quieres beber algo para reanimarte?

—No bebo. Pero de buena gana me fumaría un cigarrillo.

—Adelante, fuma.

—No tengo cigarrillos. Hace un mes decidí que no fumaría más.

Maigret pidió que el coche se detuviera en el estanco más cercano.

—¿De qué clase?

—Americanos.

Aquella debía de ser la primera vez que el comisario compraba cigarrillos americanos.

En el Quai des Orfèvres, ella subió las escaleras delante de él y encontraron a Lucas y Torrence, cada uno a un teléfono. Maigret les hizo una seña interrogativa, a la cual, primero uno y después el otro, respondieron con una mueca.

Aún no habían detenido a aquel hombre.

—Siéntate, por favor.

—Ahora mismo me encuentro muy bien. Una lástima lo del cigarrillo. Los próximos días va a ser duro aguantarse las ganas de fumar.

Maigret le repitió a Lucas, que había terminado de hablar por teléfono, la descripción que le había hecho la muchacha.

—Que se la envíen a todo el mundo, incluidas las estaciones de tren. —Y le preguntó a la joven—: ¿Qué estatura tenía?

—No era más alto que yo.

Entonces era más bien bajo.

—¿Era delgado?

—En cualquier caso, no estaba gordo.

—¿Tenía veinte años, treinta, cuarenta…?

Ella había dicho que era joven, pero esa palabra podía tener sentidos diferentes.

—Yo diría que unos treinta años.

—¿Recuerdas algún otro detalle?

—No.

—¿Llevaba corbata?

—Supongo.

—¿Qué aspecto tenía? ¿De vagabundo, de obrero, de empleado…?

Ella intentaba cooperar, pero sus recuerdos eran fragmentarios.

—Yo creo que, en la calle, en cualquier otra ocasión, no me habría fijado en él. Se habría dicho que era una buena persona.

De pronto levantó la mano como una alumna del colegio. La verdad es que no hacía mucho tiempo que había dejado de ir al colegio.

—¡Llevaba un anillo en un dedo!

—¿Un anillo o una alianza?

—Un momento…

Cerró los ojos. Parecía querer recordar la posición que tenía en el momento de la lucha.

—Primero la he notado con los dedos; después, cuando le he hecho la llave de judo, su mano estaba bajo mi cara… Un anillo con sello habría sido más grueso… Y habría llevado una piedra engastada… Está claro que era una alianza.

—¿Has oído, Lucas?

—Sí, jefe.

—¿El pelo lo llevaba corto o largo?

—Corto no. Se lo he visto por encima de una oreja mientras él tenía la cabeza agachada, casi pegada a la acera.

—¿Estás anotándolo?

—Sí.

—Ven a mi despacho.

Maigret se quitó la chaqueta con un gesto maquinal, a pesar de que la noche era bastante fresca, al menos en comparación con aquel día.

—Siéntate. ¿Estás segura de que no quieres tomar nada?

—Segura.

—Antes de que el hombre te atacara, ¿no has tenido ningún otro encuentro?

Una oleada de sangre le subió a las mejillas y hasta le llegó a las orejas. Sobre sus músculos de mujer deportiva, su piel seguía siendo muy fina y suave.

—Sí.

—Cuéntamelo todo.

—Lo siento si he cometido una falta. Estoy prometida.

—¿Qué hace tu prometido?

—Ha terminado el último año de Derecho. Su intención es entrar también en la policía…

No como entró Maigret en sus tiempos, por abajo, empezando en la vía pública, sino por oposición.

—¿Lo has visto esta tarde?

—Sí.

—¿Le has puesto al corriente de lo que se preparaba?

—No. Le he pedido que se quedara por la plaza du Tertre.

—¿Tenías miedo?

—No. Quería sentirlo cerca de mí.

—¿Y te habías citado otra vez con él?

Se sentía incómoda, descruzaba las piernas y las volvía a cruzar, lanzaba breves miradas a Maigret para saber si estaba enfadado.

—Voy a decir toda la verdad, señor comisario. Lo siento si me he equivocado. Nos dieron instrucciones para que actuáramos de la manera más natural posible, ¿no es así?, como cualquier chica o mujer que queda para salir por la noche. Y por las noches se ven a menudo parejas que se besan y que se separan para irse cada uno por su lado.

—¿Por eso hiciste venir a tu prometido?

—Se lo juro. Habíamos quedado a las diez. Se pensaba

que nada iba a pasar antes de esa hora. De modo que yo no arriesgaba nada si hacía otra cosa hasta las diez.

Maigret la observaba con atención.

—¿No has pensado que si el asesino te veía en brazos de un hombre y después seguir sola tu camino podría desencadenar su crisis?

—No lo sé. Supongo que habrá sido una casualidad. ¿He hecho mal?

Maigret prefirió no responder. Era el mismo dilema de siempre entre la disciplina y el espíritu de iniciativa. ¿Acaso no había cometido él también graves faltas de disciplina aquella noche y los días anteriores?

—Tómate tu tiempo. Siéntate a mi mesa. Escríbeme todo lo que ha pasado esta noche, como en el colegio, e intenta recordar hasta los menores detalles, incluso los que no te parezcan importantes.

Sabía por experiencia que aquello solía funcionar.

—¿Puedo usar su estilográfica?

—Como quieras. Cuando hayas terminado, me llamas.

Volvió al despacho donde Lucas y Torrence seguían haciendo llamadas. En una cabina al final del pasillo, un radio-telegrafista registraba los mensajes de los coches con radio y después los enviaba a los despachos por medio del chico de los recados.

En Montmartre, poco a poco, se había conseguido dispersar a la multitud, pero, como era de esperar, los reporteros se habían enterado y estaban acudiendo al lugar.

Primero cercaron tres manzanas, después cuatro, pero a medida que el tiempo pasaba y aquel hombre tenía más oportunidades de escapar acabaron cercando todo el barrio.

Registraban hoteles y pensiones y despertaban a los inquilinos para que presentasen el carnet de identidad y respondieran a un interrogatorio preliminar.

Era posible que el asesino hubiera pasado ya a través de la red, quizás en los primeros minutos tras el ataque, justo cuando sonaban los silbatos, cuando la gente echó a correr y la multitud de curiosos salía de la plaza du Tertre.

Existía otra posibilidad: que el asesino viviese en el barrio, cerca del lugar donde había hecho su último intento, y que sencillamente hubiera vuelto a su casa.

Maigret jugaba de manera maquinal con el botón que le había entregado Marthe Jusserand, un botón corriente, gris oscuro y ligeramente veteado de azul. No tenía ninguna marca. Llevaba prendido un grueso hilo de sastre y, colgando de ese hilo, había algunas hebras de la lana del traje.

—Llamad a Moers para que venga enseguida.

—¿Aquí o al laboratorio?

—Aquí.

Sabía por experiencia que una hora perdida en una investigación puede suponer semanas de ventaja para el criminal.

—Lognon quiere hablar con usted, jefe.

—¿Dónde está?

—En un café de Montmartre.

—¿Hola? ¿Lognon?

—Sí, jefe. La caza continúa. Hemos cercado una buena parte del barrio, pero estoy casi seguro de que he visto a ese hombre bajar corriendo la escalera de la plaza Constantin-Pecqueur, justo frente a mi casa.

—¿No has podido alcanzarlo?

—No. He corrido todo lo deprisa que he podido, pero ha sido más rápido que yo.

—¿No has disparado?

Esa eran las órdenes: disparar nada más verlo, preferiblemente a las piernas, pero solo en caso de que no se pusiera en peligro a los transeúntes.

—No me he atrevido porque había una vieja borracha durmiendo en los escalones de abajo y habría podido darle. Después ha sido demasiado tarde. Se ha esfumado en la oscuridad, casi como si atravesase una pared. He recorrido los alrededores metro por metro, y todo el tiempo tenía la impresión de que el tipo no estaba lejos, de que seguía con la mirada cada uno de mis movimientos.

—¿Eso es todo?

—Sí. Luego han llegado compañeros y hemos organizado una batida.

—¿Habéis averiguado algo?

—Solo que, hacia esa hora, un hombre ha entrado en un bar de la calle Caulaincourt mientras los clientes jugaban a las cartas. Sin pararse en la barra, ha ido directamente a la cabina telefónica. Por tanto, debía de llevar fichas. Después de llamar, ha salido tal como había entrado, sin una palabra, sin una mirada al dueño o a los jugadores. Eso es lo que ha hecho que se fijaran en él. Ellos no sabían lo que había pasado.

—¿Algo más?

—Era rubio, bastante joven, delgado, no llevaba sombrero.

—¿Cómo era su traje?

—Oscuro. Yo creo que ha debido de llamar a alguien para que fuera a buscarlo en coche a un lugar determinado.

A nadie se le ha ocurrido parar los coches en los que iban varias personas.

En efecto, habría sido la primera vez en los anales del crimen que un maniaco de ese tipo no actuaba solo.

—Te lo agradezco, muchacho.

—Sigo en la zona. Continuamos con el trabajo.

—No se puede hacer otra cosa.

Quizás era solo una coincidencia. Cualquiera podía haber entrado en un bar para hacer una llamada de teléfono y quizá no tuvo ganas o tiempo de tomarse algo.

Aun así, eso preocupaba a Maigret. Pensaba en la alianza de la que había hablado la joven auxiliar.

¿Podía ser que aquel hombre, para escapar al cordón policial, hubiera tenido la sangre fría de llamar a su mujer? En tal caso, ¿qué explicación le habría dado? Por la mañana, ella leería en los periódicos lo que había ocurrido en Montmartre.

—¿Viene Moers?

—Enseguida, jefe. Estaba en la cama leyendo. Le he dicho que coja un taxi.

Marthe Jusserand le llevó su redacción, es decir, el informe de los acontecimientos tal como ella los había visto.

—No me he esforzado con el estilo, que quede claro. He tratado de ponerlo de manera tan objetiva como he podido.

Maigret recorrió de un vistazo las dos páginas pero no encontró nada nuevo. Cuando la joven se dio la vuelta para coger su bolso, vio que su traje estaba rasgado por la espalda. Ese detalle materializó de pronto el peligro que Maigret le había hecho correr, a ella y a las demás auxiliares.

—Ya puedes irte a casa. Voy a dar órdenes para que te lleven.

—No hace falta, señor comisario. Seguro que Jean está abajo con su Renault 4CV.

Maigret la miró con gesto interrogante y divertido.

—Es imposible que hayas quedado con él en el Quai des Orfèvres porque no sabías que ibas a venir.

—No. Pero ha sido uno de los primeros en venir desde la plaza du Tertre. Lo he reconocido entre los curiosos y los inspectores. Él me ha visto también hablando con usted, y cuando he subido a su coche. Seguro que ha supuesto que me traería aquí.

Estupefacto, Maigret le tendió la mano y murmuró:

—De acuerdo, amiga mía. Te deseo buena suerte con Jean. Te lo agradezco. Y te pido disculpas por el miedo que te he hecho pasar. Acuérdate de que la prensa debe seguir sin conocer nuestra trampa. No se dará tu nombre.

—Lo prefiero así.

—Buenas noches.

La acompañó con galantería hasta la escalera y volvió con sus inspectores negando con la cabeza.

—Qué chica tan curiosa —murmuró.

Torrence, que tenía sus ideas sobre la joven generación, dijo:

—Hoy en día todas son como esa.

Moers hizo su entrada algunos momentos más tarde, tan fresco como si hubiera pasado toda la noche durmiendo. No estaba al corriente de nada. Los planes para acechar al asesino no se habían comunicado al personal de laboratorio.

—¿Hay trabajo, jefe?

Maigret le tendió el botón, y Moers hizo una mueca.

—¿Esto es todo?

—Sí.

Moers le dio vueltas entre los dedos.

—¿Quiere que suba para examinarlo?

—Te acompaño.

Era casi por superstición. Las llamadas telefónicas se sucedían. Maigret no tenía esperanza, pero cada vez se estremecía por si se producía el milagro. ¿Podía ocurrir que, si él no estaba allí, se produjera al fin y fueran al laboratorio a anunciarle que habían atrapado al asesino?

Moers encendió las luces y cogió una lupa, unas pinzas y toda una serie de instrumentos antes de examinar las hebras de lana al microscopio.

—Supongo que me ha llamado para que le diga dónde se hizo el traje del que se ha arrancado este botón.

—Quiero saber todo lo que se pueda saber.

—Antes de nada, el botón, a pesar de su apariencia ordinaria, es de muy buena calidad. No es de los que se emplean en los trajes hechos en serie. Creo que no será difícil descubrir mañana por la mañana dónde se ha fabricado, porque no hay muchas fábricas de botones. Casi todas tienen sus oficinas en la calle des Petits-Champs, frente a las tiendas de tejidos al por mayor.

—¿Y el hilo?

—Es el mismo que usan casi todos los sastres. Me interesa más el paño. Como puede ver, la trama es de un gris bastante vulgar, pero lleva entretejido un hilo azul claro que la hace característica. Juraría que no es de fabricación francesa, sino de una tela importada de Inglaterra. Esas importaciones pasan por un reducido número de agentes comerciales cuya lista le puedo suministrar.

Moers poseía listas, anuarios y catálogos de todo tipo, gracias a los cuales podía determinar rápidamente la procedencia de un objeto, ya se tratase de un arma, de un par de zapatos o de un pañuelo de bolsillo.

—¡Mire! Como ve, la mitad de los importadores tienen también su oficina en la calle des Petits-Champs…

Afortunadamente, las casas de venta al por mayor están aún en París más o menos agrupadas por barrios.

—Ninguna oficina abre antes de las ocho de la mañana. La mayoría abre a las nueve.

—Haré que empiecen por las que abren a las ocho.

—¿Eso es todo por esta noche?

—A menos que se te ocurra alguna otra cosa.

—Voy a ver, por si acaso.

Sin duda Moers iba a buscar en el hilo o en las hebras de lana algo de polvo, algún material revelador. Tres años atrás, se había identificado a un criminal gracias a unos restos de serrín en un pañuelo, y a otro por una mancha de tinta de imprenta.

De pronto, Maigret se sintió cansado. Lo había abandonado la tensión de los últimos días y de las últimas horas, y se encontraba sin energía, sin ganas de reír, sin optimismo.

Al día siguiente por la mañana tendría que enfrentarse con el juez Coméliau, con los periodistas, que lo acribillarían a preguntas embarazosas. ¿Qué podía decirles? No podía confesarles la verdad. Tampoco podía usar la mentira como norma de conducta.

Cuando bajó de nuevo a la policía judicial, se dio cuenta de que la ordalía de los periodistas no se produciría a la mañana siguiente, sino ya mismo. El Barón no estaba, pero había otros tres más el joven Rougin, cuyos ojos brillaban de excitación.

—¿Nos recibe en su despacho, comisario?

Maigret se encogió de hombros, los hizo entrar y les miró a los tres, todos con el cuadernillo de notas en la mano y el lápiz en ristre.

—¿Se ha escapado el acusado?

Era inevitable que le hablasen de aquello, tan embarazoso ahora que los acontecimientos se habían precipitado.

—No se ha escapado nadie.

—¿Lo han puesto en libertad?

—No han puesto en libertad a nadie.

—Pero esta noche ha habido un nuevo intento de asesinato, ¿no es cierto?

—Han agredido a una joven en la calle, cerca de la plaza du Tertre, pero no se ha dejado amedrentar.

—¿Está herida?

—No.

—Y su agresor, ¿la ha atacado con un cuchillo?

—No está segura.

—¿No está aquí?

Miraban alrededor, desconfiados. Les debían de haber dicho en Montmartre que la joven se había subido al coche del comisario.

—¿Cómo se llama?

—Su nombre no tiene importancia.

—¿Lo mantiene en secreto?

—Digamos que no sirve de nada publicarlo.

—¿Por qué? ¿Está casada? ¿Se encontraba donde no debía estar?

—Esa es una explicación posible.

—¿Es la verdadera?

—No sé nada.

—¿No le parece que hay demasiados misterios?

—El misterio que más me preocupa es la identidad del asesino.

—¿Lo ha descubierto?

—Todavía no.

—¿Tiene nuevos elementos gracias a los cuales espera descubrirlo?

—Tal vez.

—Y no puede decirnos cuáles son, claro…

—Claro.

—Esa joven cuyo nombre debe permanecer en secreto, ¿ha visto a su agresor?

—No muy bien, pero lo bastante para que pueda daros la descripción.

Maigret les dijo lo poco que sabía, pero no mencionó el botón arrancado de la chaqueta.

—Un poco imprecisa, ¿no le parece?

—Ayer era más imprecisa aún, porque no sabíamos nada de nada.

Estaba de mal humor y se sentía mal por tratarlos así. Al igual que él, cumplían con su deber. Sabía que los irritaba con sus respuestas y más aún con sus silencios, pero no lograba mostrarse cordial como de costumbre.

—Estoy cansado.

—¿Se vuelve usted a casa?

—Tan pronto como me sea posible.

—¿Sigue la caza en Montmartre?

—Sí.

—¿Va a liberar al hombre que trajo ayer el inspector Lognon y al que ha interrogado usted dos veces?

Había que decirles algo.

—A ese hombre nunca lo hemos molestado. No es un sospechoso, sino un testigo cuya identidad, por ciertas razones, no se puede divulgar.

—¿Por precaución?

—Puede ser.

—¿Sigue bajo custodia de la policía?

—Sí.

—¿No puede haberse desplazado esta noche a Montmartre?

—No. ¿Más preguntas?

—Cuando hemos llegado se encontraba usted en el laboratorio.

Conocían el lugar casi tan bien como él.

—No se trabaja sobre suposiciones, sino sobre evidencias —replicó Maigret, que los miraba sin inmutarse.

—¿Podemos concluir que el hombre de la calle Norvins se ha dejado alguna cosa, quizás en las manos de su víctima?

—Sería preferible, en interés de la investigación, que no se saquen conclusiones de mis idas y venidas. Señores, estoy reventado y les pido permiso para retirarme. Dentro de veinticuatro horas, o de cuarenta y ocho, quizá tenga algo que decirles. Por el momento, hay que contentarse con la información que les he proporcionado.

Era la una y media de la madrugada. Las llamadas telefónicas se iban espaciando en el despacho vecino, adonde fue a estrecharles la mano a Lucas y Torrence.

—¿Seguimos sin nada?

Bastaba mirarlos para comprender que la pregunta era inútil. La policía continuaría vigilando el barrio y registrando calleja por calleja y casa por casa hasta que el amanecer sobre París iluminase los cubos de basura en las aceras.

—Buenas noches, muchachos.

Por si acaso, había pedido que el coche lo esperase, cuyo conductor se paseaba por el patio. Para tomarse una cerveza fría habría tenido que irse lejos, a Montparnasse o a los alrededores de la plaza Pigalle, y no tenía ánimos.

La señora Maigret, en camisón, le abrió la puerta antes de que pudiese sacar la llave del bolsillo, y el comisario se dirigió gruñendo y con expresión malhumorada al aparador donde se encontraba la botella de licor de endrina. Lo que le apetecía era cerveza, no aquello, pero al apurar su copa de un trago, tuvo la impresión de haberse vengado.

5

La quemadura de cigarrillo

Aquello parecía durar semanas. En el Quai des Orfèvres, todo el mundo estaba extenuado aquella mañana y con mal sabor de boca. Algunos, como Maigret, habían dormido tres o cuatro horas. Otros, que vivían en el extrarradio, no habían dormido nada.

Algunos aún estaban registrando el barrio de Grandes-Carrières, vigilando el metro y observando a los hombres que salían de las pensiones.

—¿Ha dormido bien, señor comisario?

Fue el joven Rougin, fresco y dispuesto, más animado que de costumbre, quien interpeló a Maigret en el pasillo, con su voz aguda, un poco metálica. Parecía especialmente jovial aquella mañana, y el comisario solo supo la razón cuando vio el periódico en el que trabajaba el joven periodista. Él también había corrido un riesgo. Ya había sospechado la verdad el día anterior a primeras horas de la noche y después, cuando fueron tres o cuatro al Quai a atosigar a Maigret.

Sin duda había pasado el resto de la noche interrogando a ciertas personas, sobre todo a dueños de hoteles.

Su periódico publicaba en grandes titulares:

En el pasillo, Rougin debía esperar las reacciones de Maigret. Escribía:

> Seguramente nuestro buen amigo el comisario Maigret no lo desmentirá si afirmamos que la detención efectuada anteayer y que se rodeó de tanto misterio no fue más que una ficción destinada a hacer caer al asesino de Montmartre en una trampa…

Pero Rougin había ido más lejos aún. Había despertado en plena noche a un psiquiatra notable y le había hecho preguntas muy parecidas a las que el comisario le formulara al profesor Tissot.

> ¿Esperaban acaso que el asesino fuera a rondar por los alrededores de la policía judicial para ver a quién acusaban en su lugar? Es posible. Pero parece más probable que, al tratar de herir su vanidad, hayan querido impulsarlo a actuar una vez más en un barrio que previamente había sido invadido por la policía…

Era el único periódico que daba esa campanada. Los otros periodistas se habían quedado atascados.

—¿Estás aquí todavía? —exclamó Maigret, al ver a Lucas—. ¿No te vas a casa?

—He dormido en un sillón, después he ido a darme un chapuzón a los baños Deligny y me he afeitado en mi cubículo.

—¿Quién está disponible?

—Casi todo el mundo.

—Nada nuevo, supongo…

Lucas apenas se encogió levemente de hombros.

—Llama a Janvier, Lapointe y dos o tres más.

En toda la noche solo se había bebido una cerveza y una copita de licor de endrina, pero se sentía tan mal como después de una borrachera. El cielo estaba cubierto, pero no había nubes de verdad, que habrían hecho que refrescara un poco. Un velo grisáceo se extendía poco a poco sobre la ciudad, y lentamente iba descendiendo un vaho pegajoso sobre las calles llenas de polvo y de un olor a gasolina que se pegaba a la garganta.

Maigret abrió la ventana y la cerró enseguida, porque el aire de fuera era más irrespirable que el de su despacho.

—Vais a ir a la calle des Petits-Champs, muchachos. Aquí tenéis algunas direcciones. Si no encontráis nada, buscad otras en el Bottin. Ocupaos unos del botón y otros de la tela.

Luego les explicó lo que Moers le había dicho a propósito de los mayoristas y de los importadores.

—Puede ser que esta vez tengamos suerte. Mantenedme al corriente.

Continuaba malhumorado y no era, como todos creían, por haber sufrido un fracaso y porque el hombre al que perseguían hubiese conseguido escapar a través del cerco.

Eso se lo esperaba. En realidad, para él no era un fracaso, porque sus previsiones se habían visto más o menos confirmadas y, al menos, tenía ya un indicio, un punto de partida contra el asesino, por muy insignificante que pareciera.

Sus pensamientos estaban centrados en el asesino, que comenzaba a volverse más nítido en su mente ahora que al menos una persona lo había visto. Lo imaginaba joven aún, rubio, probablemente melancólico o amargado. Por alguna razón, Maigret habría apostado que era de buena familia, que estaba acostumbrado a una vida cómoda.

Llevaba una alianza. De modo que tenía una esposa. Había tenido padre y madre. Había sido un colegial, probablemente un estudiante universitario.

Esa mañana, estaba solo contra la policía de París, contra el pueblo parisiense entero, y sin duda él también había leído el artículo del joven Rougin.

¿Habría podido dormir tras escapar de la trampa en la que había estado a punto de caer?

Si sus crímenes le proporcionaban alivio, quizás incluso cierta euforia, ¿qué efecto tendría sobre él un ataque que se había visto frustrado?

Maigret no esperó a que Coméliau lo llamase y fue directamente al despacho del juez, donde lo encontró leyendo los periódicos.

—Se lo advertí, comisario. No puede pretender que me mostrase entusiasta con su procedimiento ni que lo aprobase.

—Mis hombres tienen una pista.

—¿Seria?

—Tengo en mi poder una prueba material. Eso tiene que llevarnos a alguna parte. Pero podría necesitar semanas o resolverse en dos horas.

No tardó ni dos horas. Lapointe se personó primero en la calle des Petits-Champs, en oficinas con los muros cubiertos de botones de todas clases. CASA FUNDADA EN 1782, se leía en la puerta bajo el nombre de los socios. La colección contenía todos los modelos de botones fabricados desde la fundación de la empresa.

Después de exhibir su placa de la policía judicial, Lapointe preguntó:

—¿Es posible determinar la procedencia de este botón?

Para él, para Maigret, para cualquier otra persona, era un botón como los demás, pero el empleado lo examinó y respondió sin vacilar:

—Es de la empresa Mullerbach, de Colmar.

—Mullerbach... ¿Tiene oficinas en París?

—En este edificio, dos pisos más arriba.

Todo el edificio estaba ocupado por vendedores de botones, como pudieron comprobar Lapointe y su compañero.

Ya no existía un señor Mullerbach, y la empresa la dirigía el hijo de un yerno del último Mullerbach. Recibió muy cortésmente a los policías en su despacho, dio vueltas al botón entre los dedos y dijo:

—¿Qué desean saber exactamente?

—Si es su empresa la que ha fabricado ese botón.

—Sí.

—¿Tiene usted una lista de sastres a los que ha vendido ese modelo?

El industrial tocó un timbre y explicó:

—Quizá sepa que los fabricantes de telas cambian todos los años los tonos y la trama de la mayor parte de sus productos. Antes de poner sus novedades en venta nos envían muestras para que, por nuestra parte, fabriquemos los botones adecuados los cuales se venden directamente a los sastres.

Entró un joven abrumado por el calor.

—Señor Jeanfils, ¿quiere buscar la referencia de este botón y traerme la lista de los sastres a los que lo hemos vendido?

Jeanfils salió sin hacer ningún ruido y sin haber abierto la boca. Durante su ausencia, el jefe continuó explicándoles el mecanismo de la venta de botones. Menos de diez minutos más tarde, llamaron a la puerta acristalada. Entro Jeanfils y puso sobre la mesa el botón y una hoja de papel mecanografiada.

Era una lista de unos cuarenta sastres, cuatro de ellos de Lyon, dos de Burdeos, uno de Lille, otros de diversas ciudades francesas y el resto de París.

—Aquí tienen, señores. Les deseo buena suerte.

Se encontraron en la calle, cuya bulliciosa animación resultaba chocante cuando se salía de aquellas oficinas, donde reinaba una serena calma de sacristía.

—¿Qué hacemos? —preguntó Broncard, que era quien acompañaba a Lapointe—. ¿Empezamos enseguida? Los he contado. Hay veintiocho en París. Si cogemos un taxi…

—¿Tú sabes dónde ha entrado Janvier?

—Sí. En ese edificio grande, o más bien en las oficinas del fondo del pasillo.

—Espérale.

Él entró en un pequeño bar con el suelo cubierto de serrín, pidió un vino blanco con agua de Vichy y se encerró en la cabina telefónica. Maigret estaba aún con el juez Coméliau, desde cuyo despacho se puso al habla con el inspector.

—Cuarenta sastres en total. Veintiocho en París. ¿Empezamos la inspección?

—Quédate con cuatro o cinco nombres. Díctale los demás a Lucas y que envíe hombres.

No había terminado de dictar cuando Janvier, Broncard y una cuarta persona entraron en el bar y le esperaron en la barra. Los tres parecían contentos. En cierto momento, Janvier se acercó, entreabrió la puerta acristalada de la cabina y dijo:

—No cortes la llamada. Yo también tengo que hablar.

—No estoy hablando con el jefe, sino con Lucas.

Por no haber dormido, estaban todos como febriles, tenían el aliento fuerte y los ojos fatigados y brillantes a la vez.

—¿Eres tú, muchacho? Dile al jefe que todo va bien. Sí, soy Janvier. Hemos dado en el blanco. Es una suerte que el tipo llevara trajes de tela inglesa. Te lo voy a explicar. Ahora ya sé cómo funciona esto. En resumen, solo hay una docena de sastres que hayan encargado esa tela. Muchos más han recibido muestras. Esas muestras se las enseñan al cliente y, una vez encargado el traje, se pide el corte. En definitiva, quizás esto vaya a ser rápido, a no ser el traje lo hayan hecho en Inglaterra, cosa poco probable.

Una vez fuera, se separaron y cada uno se llevó dos o tres nombres en un pedazo de papel. Entre ellos era como una lotería. Uno de los cuatro obtendría probablemente esa misma mañana el nombre que buscaban desde hacía seis meses.

Fue el joven Lapointe quien se llevó el premio gordo. Le había tocado la orilla izquierda, los alrededores del bulevar Saint-Germain, que conocía bien porque había vivido allí.

El primer sastre, del bulevar Saint-Michel, había en efecto encargado un corte de aquel paño. Incluso pudo enseñarle al inspector el traje que había hecho, porque no lo había entregado aún. Estaba terminado, pero con una sola manga y el cuello suelto, a la espera de que el cliente fuera a probárselo.

La segunda dirección era de un sastre polaco que vivía en un tercer piso de la calle Vanneau. No tenía más que un empleado. Lapointe lo encontró sentado ante su mesa, con sus gafas de montura de acero.

—¿Reconoce este tejido?

Janvier había pedido varias muestras para sus colegas.

—Desde luego. ¿Por qué? ¿Quiere que le haga un traje?

—Quiero el nombre del cliente para el que ha confeccionado uno.

—Hace ya bastante tiempo de eso.

—¿Cuánto tiempo?

—El otoño pasado.

—¿Se acuerda del cliente?

—Sí, me acuerdo.

—¿Quién era?

—El señor Moncin.

—¿Quién es el señor Moncin?

—Un hombre muy respetable al que le confecciono trajes desde hace varios años.

Lapointe, tembloroso, apenas se atrevía a creerlo. Se había obrado el milagro. El hombre a quien tanto habían perseguido, que tanta tinta había hecho correr, a cuya búsqueda las fuerzas de la policía habían consagrado tantas horas, cobraba de repente un nombre. Iba a tener una dirección, un estado civil y, pronto, sin duda, cobraría forma.

—¿Vive en el barrio?

—No lejos de aquí, en el bulevar Saint-Germain, al lado del metro Solférino.

—¿Lo conoce usted bien?

—Como conozco a cada uno de mis clientes. Es un hombre bien educado, encantador.

—¿Hace mucho que no viene a verle?

—La última vez fue en noviembre pasado, para un abrigo, poco después de haberle hecho ese traje.

—¿Tiene su dirección?

El sastre hojeó las páginas de un cuaderno donde estaban escritos a lápiz los nombres y direcciones, junto con unos números, sin duda los precios de los trajes, que él tachaba con una cruz roja cuando se los pagaban.

—Doscientos veintiocho bis.

—¿Sabe si está casado?

—Su mujer ha estado aquí muchas veces. Viene siempre con él para elegir.

—¿Es joven?

—Supongo que de unos treinta años. Es una persona distinguida, una verdadera dama.

Lapointe no conseguía detener el temblor que estaba apoderándose de todo su cuerpo. Aquello se estaba convirtiendo en pánico. Estando tan cerca del final, tenía miedo de que surgiera algún obstáculo que retrasase la investigación.

—Muchas gracias. Tal vez venga a verle de nuevo.

Se le había olvidado preguntar la profesión de Marcel Moncin, pero bajó corriendo la escalera y se precipitó hacia el bulevar Saint-Germain, donde el edificio que llevaba el número 228 bis le pareció fascinante, a pesar de ser un edificio de apartamentos como los demás, del mismo estilo que todos los del bulevar, con los mismos balcones de hierro forjado. El interior del portal estaba pintado de color crema; al fondo se distinguía la caja del ascensor, y, a la derecha, la vivienda de la portera.

Sintió un deseo casi doloroso de entrar, de informarse, de subir al piso de Moncin, de terminar él solo con el famoso asesino, pero sabía que no tenía derecho a hacerlo.

Justo enfrente de la boca de metro había un agente de uniforme. Lapointe se dirigió a él y se identificó.

—¿Puede vigilar ese edificio durante unos minutos que necesito para llamar al Quai des Orfèvres?

—¿Qué tengo que hacer?

—Nada. Pero si saliera un hombre de unos treinta años, delgado, más bien rubio, arrégleselas para retenerlo, pídale la documentación, haga cualquier cosa.

—¿Quién es?

—Se llama Marcel Moncin.

—¿Qué ha hecho?

Lapointe prefirió no especificar que, con toda probabilidad, se trataba del asesino de Montmartre.

Unos momentos más tarde se encontraba en una cabina telefónica.

—¿El Quai? Ponme enseguida con el comisario Maigret. Soy Lapointe.

Su exaltación era tal que tartamudeaba.

—¿Es usted, jefe? Lapointe. Sí. He encontrado…
¿Cómo?… Sí… Su nombre, su dirección… Estoy delante
de su casa…

De pronto le vino a la memoria que también se habían
hecho otros trajes con el mismo paño, y que tal vez aquel no
era el que les interesaba…

—¿Ha telefoneado Janvier? ¿Sí? ¿Qué ha dicho?

Se habían encontrado tres trajes, pero las señas no co-
rrespondían a la descripción facilitada por Marthe Jusserand.

—Le llamo desde el bulevar Saint-Germain… He puesto un agente a vigilar su puerta… Sí… Sí… Le espero… Un
momento…, voy a ver el nombre de la taberna.

Salió de la cabina y leyó, al revés, el nombre escrito en
letras esmaltadas sobre el cristal.

—Café Solférino.

Maigret le dijo que se quedara allí y que no lo vieran. Un
cuarto de hora más tarde, delante de un vino blanco con
agua de Vichy que le habían servido en la barra, Lapointe
reconoció los pequeños coches de la policía que se detenían
en diferentes lugares.

De uno de ellos bajó Maigret en persona, que a Lapointe le pareció más macizo y pesado que de costumbre.

—Ha sido tan fácil, jefe, que no llego a creérmelo.

¿Estaba Maigret tan nervioso como él? Si así era, no se le
notaba. En realidad, para quienes lo conocían, su estado se
traslucía en un aspecto gruñón y obstinado.

—¿Qué bebes?

—Un vino blanco con agua de Vichy.

Maigret hizo una mueca.

—¿Tiene cerveza de barril?

—Claro que sí, señor Maigret.

—¿Me conoce?

—Le he visto muy a menudo en las páginas de los diarios. Y el año pasado, cuando investigaba usted lo que ocurría en el Ministerio de ahí enfrente, vino varias veces a tomarse algo.

El comisario se bebió de un trago su cerveza.

—Vamos.

Mientras tanto, la policía se había emplazado de forma menos espectacular que la noche anterior pero no por ello menos efectiva. Dos inspectores habían subido al último piso. Había más en la acera, al otro lado de la calle y en la esquina, sin contar el coche con radio que se hallaba en las inmediaciones.

Aunque probablemente nada de eso fuera necesario, pues ese tipo de asesinos rara vez se defienden, y menos con armas.

—¿Le acompaño?

Maigret hizo un gesto afirmativo, y entraron los dos en la portería, que era una vivienda burguesa, con un saloncito separado de la cocina por una cortina de terciopelo. Apareció la portera, de unos cincuenta años, tranquila y sonriente.

—¿Qué desean, señores?

—¿Marcel Moncin, por favor?

—Segundo, izquierda.

—¿Sabe si está en casa?

—Es probable, no lo he visto salir.

—¿La señora Moncin está también?

—Ha vuelto de hacer la compra hace media hora.

Maigret no podía evitar pensar en su conversación en casa de Pardon con el doctor Tissot. El edificio era tranquilo y acogedor, y su aspecto vetusto, su estilo de mediados del siglo anterior, daba cierta sensación de seguridad. El ascensor, bien engrasado, con su manilla de cobre brillante, los esperaba, pero prefirieron subir a pie pisando la gruesa alfombra carmesí.

La mayor parte de los felpudos, colocados ante las puertas de madera oscura, llevaban una o dos iniciales en rojo, y todos los timbres estaban bruñidos. No se oía nada de lo que pasaba en los pisos, ningún olor de cocina invadía la escalera.

En una de las puertas del primer piso había una placa de un especialista del pulmón.

En el segundo izquierda, se leía, sobre una placa de cobre del mismo formato pero en letras más estilizadas y más modernas:

MARCEL MONCIN

ARQUITECTO DECORADOR

Los dos hombres se detuvieron un momento, se miraron, y Lapointe tuvo la impresión de que Maigret estaba tan emocionado como él. Fue el comisario quien extendió la mano para pulsar el botón eléctrico. Se oyó el timbre, que debió de resonar muy adentro en el piso. Transcurrió un tiempo que pareció largo, y al fin la puerta se abrió. Una doncella de menos de veinte años, con un delantal blanco, los miró extrañada y preguntó:

—¿Qué desean?

—¿Está en casa Marcel Moncin?

Ella pareció turbada.

—No lo sé —balbuceó.

Sí estaba, entonces.

—Si quieren esperar un minuto, voy a preguntar a la señora.

No tuvo necesidad de alejarse. Al fondo del pasillo apareció una mujer aún joven que al regresar de hacer la compra se había puesto una bata de casa, sin duda por el calor.

—¿Qué pasa, Odile?

—Dos señores desean hablar con el señor, señora.

La mujer se acercó, cerrándose las faldas de la bata y mirando a la cara a Maigret como si le recordara a alguien.

—¿Qué desean? —preguntó, tratando de comprender.

—¿Está su marido?

—Pues…

—Eso significa que sí está.

Ella se sonrojó ligeramente.

—Sí, pero está durmiendo.

—Me veo obligado a pedirle que lo despierte.

Vacilando, ella murmuró:

—¿A quién tengo el gusto de…?

—Policía judicial.

—El comisario Maigret, ¿verdad? Me pareció reconocerle…

Maigret, que se había adelantado poco a poco, se encontraba ya en el recibidor.

—Haga el favor de despertar a su marido. Supongo que anoche volvió tarde.

—¿Qué quiere usted decir?

—¿Es que tiene por costumbre dormir hasta después de las once de la mañana?

Ella sonrió.

—Lo hace a menudo. Le gusta trabajar tarde, a veces buena parte de la noche. Es una persona cerebral, un artista.

—¿Anoche no salió?

—Que yo sepa, no. Si quieren, esperen en el salón. Voy a llamarlo.

Había abierto la puerta acristalada de un salón modernísimo, que sorprendía en aquel edificio antiguo, pero que no tenía nada de agresivo. Maigret se dijo que él podría vivir en un lugar como aquel. Solo le desagradaban las pinturas de las paredes, porque no las comprendía.

Lapointe, de pie, vigilaba la puerta de entrada. Lo que, por otra parte, era superfluo, porque todas las salidas del edificio estaban bien guardadas.

La joven señora se había alejado con un frufrú de tejido sedoso. Estuvo ausente dos o tres minutos y tras peinarse un poco volvió.

—Estará aquí en un momento. Marcel tiene un extraño pudor, del que a veces me burlo: detesta que lo vean desarreglado.

—¿Tienen habitaciones separadas?

Ella acusó el golpe, pero respondió con simplicidad.

—Como muchos matrimonios, ¿no?

¿No era, en realidad, casi de rigor en ciertos medios sociales? No significaba nada. Lo que Maigret se esforzaba por determinar era si ella representaba un papel, si sabía algo o si, por el contrario, se estaba preguntando de verdad qué relación había entre el comisario Maigret y su marido.

—¿Trabaja aquí su esposo?

—Sí.

Fue a abrir una puerta lateral que daba a un amplio despacho cuyas dos ventanas se abrían sobre el bulevar Saint-Germain. Se veían tableros de dibujo, rollos de papel, curiosas maquetas de madera contrachapada o de alambre que recordaban a decorados de teatro.

—¿Trabaja mucho?

—Demasiado para su salud. Nunca ha sido una persona fuerte. Ahora deberíamos estar en la montaña, como todos los años, pero aceptó un encargo que nos va a impedir irnos de vacaciones.

Rara vez había visto Maigret una mujer tan tranquila, tan dueña de sí misma. Los periódicos estaban llenos de noticias sobre el asesino, y ella sabía que Maigret dirigía la investigación. ¿No habría debido enloquecer al ver que este se presentaba en su casa? Pero se limitaba a observarlo, llena de curiosidad por estar cerca de un hombre tan famoso.

—Voy a ver si ya está listo.

Maigret, sentado en un sillón, se puso a llenar lentamente su pipa. La encendió e intercambió una nueva mirada con Lapointe, que no podía estarse quieto.

Cuando se abrió la puerta por la que había desaparecido la señora Moncin, no fue ella quien apareció, sino un hombre que parecía tan joven que daba la impresión de que todo fuera un malentendido.

Iba vestido con un conjunto de estar por casa de un crema delicado, que hacía resaltar su cabello rubio, la finura de su cutis y el azul claro de sus ojos.

—Perdonen que les haya hecho esperar, señores…

Una sonrisa que tenía algo de frágil y de infantil afloraba a sus labios.

—Mi mujer acaba de despertarme, y me ha dicho que…

¿No tenía ella curiosidad por conocer el objeto de la visita? Pero no aparecía. ¿Estaba quizá escuchando detrás de la puerta que su marido había cerrado?

—Últimamente he estado trabajando mucho en la decoración de una nueva villa que un amigo mío se ha hecho construir en la costa normanda…

Sacó de su bolsillo un pañuelo de batista y se enjugó la frente y los labios, que tenía perlados de sudor.

—Hoy hace más calor que ayer, ¿verdad?

Miró afuera y vio el cielo de color lavanda.

—No sirve de nada abrir las ventanas. Me parece que vamos a tener tormenta.

—Perdone —comenzó Maigret—, pero debo hacerle algunas preguntas indiscretas. Me gustaría, antes de nada, ver el traje que llevaba usted ayer.

Eso pareció sorprenderlo, pero no asustarlo. Sus ojos se abrieron un poco. Sus labios se contrajeron. Parecía decir: «Qué idea tan extraña».

Después se encaminó a la puerta.

—¿Me permite un instante?

Estuvo ausente menos de medio minuto y volvió con un traje gris bien planchado en el brazo. Maigret lo examinó y, en el interior del bolsillo, vio el nombre del sastre de la calle Vanneau.

—¿Lo llevaba usted ayer?

—Desde luego.

—¿Ayer por la noche?

—Justo hasta después de cenar. Entonces me lo cambié por este de estar por casa y me puse a trabajar. Trabajo sobre todo de noche.

—¿No salió después de las ocho de la tarde?

—Estuve en mi despacho hasta las dos o las dos y media de la madrugada, lo que explica que siguiera durmiendo cuando han llegado ustedes. Necesito dormir mucho, como todas las personas de temperamento nervioso.

Parecía pedir su aprobación, y recordaba más a un estudiante que a un hombre que ha pasado la treintena.

De cerca, no obstante, se descubría en su rostro un desgaste que contrastaba con su apariencia juvenil. Su piel tenía algo de enfermizo o de marchito que lo dotaba de cierto encanto, como ocurre con algunas mujeres maduras.

—¿Puedo pedirle que me muestre todo su guardarropa?

Esta vez se extrañó un poco, y quizás estuvo a punto de protestar, de negarse.

—Si eso es lo que quiere… Venga por aquí…

Si su mujer había estado detrás de la puerta, tuvo tiempo de retirarse, porque Maigret la vio al fondo del pasillo, hablando con la criada en una cocina clara y moderna.

Moncin abrió otra puerta, que daba a un dormitorio con la decoración color castaño claro y en medio de la cual había un sofá cama con las sábanas revueltas. Descorrió las cortinas, pues la habitación estaba en penumbra, y abrió las puertas correderas de un armario que ocupaba toda una pared.

A la derecha había seis trajes colgados, todos perfectamente planchados, como si no se los hubiera puesto nunca o como si acabaran de salir del tinte. Había también tres abrigos, uno de ellos de entretiempo, además de un esmoquin y un frac.

Ninguno de los trajes era del mismo tejido que la muestra que Lapointe guardaba en el bolsillo.

—¿Me la dejas? —le dijo a este el comisario.

Y se la enseñó a su anfitrión.

—El otoño pasado, su sastre le hizo un traje con esta tela. ¿Se acuerda?

Moncin examinó la muestra.

—Me acuerdo.

—¿Qué ha pasado con ese traje?

Moncin pareció reflexionar.

—Ya sé —dijo al fin—. Alguien me lo quemó con un cigarrillo en la parada del autobús.

—¿No hizo que se lo arreglaran?

—No. Siento horror por cualquier objeto deteriorado. Es una manía, pero siempre la he tenido. Ya de niño, tiraba cualquier juguete con una raspadura.

—¿Tiró ese traje? ¿Quiere decir que lo tiró a la basura?

—No. Lo regalé.

—¿Usted mismo?

—Sí. Me lo colgué del brazo una noche que fui a pasear por los muelles, como hago algunas veces, y se lo di a un vagabundo.

—¿Hace mucho tiempo?

—Dos o tres días.

—Sea más preciso.

—Antes de ayer.

En la parte derecha del armario había por lo menos una docena de pares de zapatos colocados en estantes, y en el centro había cajones con camisas, calzoncillos, pijamas y pañuelos, todo en un orden perfecto.

—¿Dónde están los zapatos que llevaba anoche?

No se contradijo, no se alteró.

—No llevaba zapatos, sino las zapatillas que llevo puestas, porque estaba trabajando en mi despacho.

—¿Puede llamar a la criada? Ya podemos volver al salón.

—¡Odile! —llamó en dirección a la cocina—. Venga un momento.

Sin duda la muchacha había llegado del pueblo hacía poco, pues aún tenía la piel aterciopelada.

—El comisario Maigret quiere hacerle algunas preguntas. Le ruego que le conteste.

—Bien, señor.

Tampoco se turbó. Solo parecía emocionada por hallarse cara a cara con un personaje oficial del que tanto hablaban los periódicos.

—¿Duerme usted en este piso?

—No, señor. Tengo mi habitación en el sexto, con las otras criadas del edificio.

—¿Subió usted tarde anoche?

—Hacia las nueve, como casi todos los días, después de fregar.

—¿Dónde se encontraba el señor Moncin en ese momento.

—En su despacho.

—¿Cómo estaba vestido?

—Como ahora.

—¿Está segura?

—Completamente.

—¿Desde cuándo no ha visto usted su traje gris a rayas azules?

La muchacha reflexionó.

—Tengo que decirle que yo no me ocupo de los trajes del señor. Él es muy… muy particular a ese respecto.

Había estado a punto de decir «maniático».

—¿Quiere decir que los plancha él mismo?

—Sí.

—¿Y que no está autorizada a abrir sus armarios?

—Solamente para guardar la ropa interior cuando la traigo de la lavandería.

—¿Sabe cuándo fue la última vez que llevó su traje gris con trama azul?

—Me parece que hace dos o tres días.

—¿Ha oído, por ejemplo al servir la mesa, que mencionase una quemadura en la solapa?

Miró a su amo, como para pedirle consejo, y balbuceó:

—No sé… Yo no… no escucho lo que dicen en la mesa… Hablan casi siempre de cosas que yo no comprendo…

—Puede retirarse.

Marcel Moncin esperaba tranquilo, sonriente; apenas unas gotas de sudor le perlaban el labio superior.

—Le ruego que se digne vestirse y venga conmigo al Quai des Orfèvres. Mi inspector le acompañará a su cuarto.

—¿También al cuarto de baño?

—También al cuarto de baño, disculpe. Mientras, voy a charlar con su mujer. Lo lamento mucho, señor Moncin, pero no tengo otra opción.

El arquitecto decorador tenía una expresión vaga que parecía decir: «Como quiera».

Al llegar a la puerta, se dio la vuelta y preguntó:

—¿Puedo saber por qué motivo…?

—Ahora, no. Después, en mi despacho.

Y Maigret, desde la puerta del pasillo, le dijo a la señora Moncin, que seguía en la cocina:

—¿Puede venir, señora?

6

El reparto del traje gris y azul

—¿Es el verdadero esta vez? —dijo con tono burlón el joven Rougin cuando el comisario y Lapointe atravesaban el pasillo del Quai des Orfèvres con su detenido.

Maigret tan solo se paró, volvió despacio la cabeza y dejó que su mirada recayera sobre el periodista. Este tosió, y hasta los fotógrafos pusieron menos encarnizamiento en su trabajo.

—Siéntese, señor Moncin. Si tiene calor, puede quitarse la chaqueta.

—Gracias. Acostumbro a dejármela puesta.

En efecto, era difícil imaginarlo en mangas de camisa. Maigret se quitó la suya y entró en el despacho de los inspectores para dar instrucciones.

Iba un poco encorvado, con los hombros hundidos y la mirada ausente.

De vuelta en su despacho, ordenó sus pipas y se puso a llenar dos de forma metódica, tras hacerle señas a Lapointe de que se quedara y tomase nota del interrogatorio. Era como uno de esos virtuosos que se sientan vacilantes, se acomodan en su silla, palpan el piano aquí y allá como para familiarizarse con él.

—¿Hace mucho tiempo que está casado, señor Moncin?

—Doce años.

—¿Me puede decir su edad?

—Treinta y dos. Me casé a los veinte.

Hubo un silencio muy largo, durante el cual el comisario se miró las manos, apoyadas sobre el escritorio.

—¿Es usted arquitecto?

Moncin rectificó:

—Arquitecto decorador.

—Supongo que eso significa arquitecto especializado en decoración de interiores.

Advirtió cierto rubor en el rostro del interrogado.

—No exactamente.

—¿Le importaría explicármelo?

—No estoy autorizado para hacer los planos de una casa. Me falta el título de arquitecto propiamente dicho.

—¿Qué título posee?

—Al principio me dediqué a la pintura.

—¿A qué edad?

—A los diecisiete años.

—¿Cursó el bachillerato?

—No. Desde muy joven quise ser artista. Los lienzos que ha visto en mi salón son míos.

Maigret no había comprendido qué representaban, pero le había molestado algo triste y morboso que había en ellos. Ni las líneas ni los colores estaban definidos. El tono que dominaba era un rojo violáceo, mezclado con unos verdes extraños, y hacía pensar en una luz submarina. Era como si el óleo se extendiera por sí mismo, como una mancha de tinta sobre papel secante.

—En definitiva, usted no tiene el título de arquitecto y, si lo he entendido bien, cualquiera puede tener el título de decorador.

—Aprecio su amable manera de precisar. Supongo que lo que quiere darme a entender es que soy un fracasado.

Esbozaba una sonrisa amarga.

—Tiene derecho a decirlo. Ya lo han hecho otros.

—¿Tiene muchos clientes?

—Prefiero tener pocos clientes que confíen en mí y me dejen libertad a muchos que me exijan hacer todo tipo de concesiones.

Maigret vació su pipa y encendió otra. No era frecuente que diese comienzo a un interrogatorio de forma tan vaga.

—¿Ha nacido en París?

—Sí.

—¿En qué barrio?

Moncin vaciló.

—En la esquina de la calle Caulaincourt y de la calle de Maistre.

Es decir, en el centro mismo del sector donde habían sucedido los cinco crímenes y el intento frustrado.

—¿Vivió allí mucho tiempo?

—Hasta que me casé.

—¿Viven aún sus padres?

—Solamente mi madre.

—¿Dónde vive?

—En la misma casa en la que nací.

—¿Mantiene una buena relación con ella?

—Mi madre y yo nos entendemos muy bien.

—¿A qué se dedicaba su padre?

Otra vez una vacilación, que Maigret no había observado al preguntarle por la madre.

—Era carnicero.

—¿En Montmartre?

—En la dirección que acabo de darle.

—¿Ha muerto?

—Cuando yo tenía catorce años.

—¿Vendió su madre el negocio?

—Lo alquiló durante algún tiempo. Después lo vendió todo y se quedó con el edificio, donde se reservó para ella un piso en la cuarta planta.

Dieron un golpe discreto en la puerta. Maigret fue al despacho de los inspectores y volvió en compañía de cuatro hombres. Todos tenían aproximadamente la talla, la edad y el aspecto general de Moncin.

Eran empleados de la prefectura, que Torrence había ido a buscar al piso de arriba.

—¿Quiere ponerse en pie, señor Moncin, y colocarse con estos señores contra la pared?

Hubo algunos minutos de espera, durante los cuales no habló nadie, y finalmente llamaron de nuevo a la puerta.

—¡Entra! —exclamó el comisario.

Apareció Marthe Jusserand, que se quedó sorprendida al ver tanta gente en el despacho. Miró primero a Maigret y luego a los hombres en fila, y en el momento en que sus ojos se detenían en Moncin frunció el ceño.

Todo el mundo contenía la respiración. Marthe se había puesto pálida, porque de pronto comprendió y cobró consciencia de la responsabilidad que pesaba sobre sus hombros, hasta el punto de que casi se puso a llorar de lo nerviosa que estaba.

—Tranquilízate —le dijo el comisario, con voz alentadora.

—Es él, ¿verdad? —murmuró ella.

—Eso solo lo puedes saber tú, porque tú fuiste la única persona que lo vio.

—Tengo la impresión de que es él. Estoy convencida. Y sin embargo…

—¿Sin embargo?

—Me gustaría verlo de perfil.

—Póngase de perfil, señor Moncin.

Este obedeció sin mover un músculo de la cara.

—Estoy casi segura. Llevaba otra ropa. Sus ojos no tenían la misma expresión…

—Esta noche, señorita Jusserand, os vamos a llevar a los dos al lugar donde viste a tu agresor, bajo la misma luz, tal vez con la misma ropa.

Había varios inspectores recorriendo los muelles, la plaza Maubert, todos los lugares de París por donde vagabundeaban los mendigos, en busca de la chaqueta del botón arrancado.

—¿Me necesita para algo más?

—No. Gracias. En cuanto a usted, señor Moncin, puede sentarse. ¿Cigarrillos?

—Gracias. No fumo.

Maigret lo dejó bajo la vigilancia de Lapointe, quien tenía orden de no preguntarle nada, de no hablarle, de responder solo con evasivas en caso de que el otro hiciera preguntas.

El comisario encontró a Lognon en el despacho de los inspectores. Había ido a esperar órdenes.

—¿Puedes entrar a mi despacho y echarle por si acaso un vistazo al tipo que se encuentra con Lapointe?

Mientras, llamó por teléfono al juez Coméliau y fue al despacho del jefe y lo puso al corriente. Cuando se encontró de nuevo son el inspector Malasombra, este tenía el ceño fruncido y parecía intentar en vano recordar alguna cosa.

—¿Lo reconoces?

Lognon trabajaba en la comisaría de Grandes-Carrières desde hacía veintidós años y vivía a quinientos metros del lugar donde había nacido Moncin.

—Estoy seguro de que lo he visto alguna vez. Pero ¿dónde? ¿En qué circunstancias?

—Su padre era carnicero en la calle Caulaincourt. Ya murió, pero la madre vive aún en la casa. Vente conmigo.

Se subieron a uno de los pequeños coches de la policía judicial, con un inspector al volante, y fueron a Montmartre.

—Sigo tratando de recordar… Es enervante. Estoy seguro de conocerlo. Juraría que entre nosotros ha pasado algo…

—¿Quizá le pusiste alguna vez una multa?

—No es eso. Ya me acordaré.

La carnicería era bastante grande. Tenía tres o cuatro dependientes y una mujer regordeta en la caja.

—¿Subo con usted?

—Sí.

El ascensor era estrecho. La portera corrió hacia ellos cuando los vio entrar.

—¿Por quién preguntan?

—Por la señora Moncin.

—En el cuarto.

—Ya lo sé.

El edificio, aunque estaba limpio y bien cuidado, era bastante menos lujoso que el del bulevar Saint-Germain. La caja de la escalera era más estrecha, lo mismo que las puertas, y los escalones, encerados o barnizados, no tenían alfombra. En las puertas no había placas de cobre, sino tarjetas de visita.

La mujer que abrió era mucho más joven de lo que Maigret esperaba. Era muy delgada, y tan nerviosa que tenía tics.

—¿Qué quieren?

—Soy el comisario Maigret, de la policía judicial.

—¿Quieren hablar conmigo?

A pesar de lo rubio que era su hijo, ella era morena, con los ojos pequeños y brillantes y un poco de vello sobre el labio.

—Entren. Estaba haciendo la limpieza.

El piso parecía muy ordenado. Las habitaciones eran pequeñas. Los muebles databan de la época del matrimonio de su propietaria.

—¿Vio a su hijo ayer por la noche?

Eso fue suficiente para ponerla en guardia.

—¿Qué tiene que ver la policía con mi hijo?

—Hágame el favor de responder a mi pregunta.

—¿Por qué iba a ver a mi hijo ayer?

—Supongo que vendrá a veces de visita.

—A menudo.

—¿Con su mujer?

—No veo qué puede importarle eso a usted.

No los invitó a sentarse, y ella misma se había quedado de pie, como si esperase que la entrevista fuera breve. En las paredes había fotografías de Marcel Moncin a todas las edades, algunas tomadas en el campo, y también dibujos y pinturas que él habría hecho de niño.

—¿Vino su hijo ayer por la tarde?

—¿Quién le ha dicho eso?

—¿Vino?

—No.

—¿Tampoco por la noche?

—No tiene costumbre de visitarme por la noche. ¿Me va a explicar a qué vienen esas preguntas? Les advierto que ya no voy a responder. Estoy en mi casa. Tengo derecho a callarme.

—Señora Moncin, lamento informarla de que su hijo es sospechoso de haber cometido cinco asesinatos en los últimos meses.

Se encaró con él, dispuesta a saltarle al cuello.

—¿Cómo dice?

—Tenemos motivos para creer que es él quien asalta a las mujeres en las esquinas de Montmartre, y que la última noche erró el golpe.

La mujer se puso a temblar, y Maigret tuvo la impresión, sin saber bien por qué, de que estaba representando un papel. Le pareció que aquella no era la reacción normal de una madre que no se espera algo así.

—¡Atreverse a acusar a mi Marcel!... Pero si yo le digo que no es verdad, que él es inocente, que es tan inocente que...

Se puso a mirar las fotografías de su hijo de niño sin dejar de hablar y con los dedos crispados:

—¡Mírelo! ¡Mírelo bien y no se atreverá a decir una monstruosidad como esa.

—Su hijo no ha aparecido por aquí en las últimas veinticuatro horas, ¿no es cierto?

Ella repitió con fuerza:

—¡No, no y no!

—¿Cuándo lo vio la última vez?

—No lo sé.

—¿No recuerda sus visitas?

—No.

—Dígame, señora Moncin, ¿de niño tuvo alguna enfermedad grave?

—Nada más grave que el sarampión y una bronquitis. ¿Qué está intentando hacerme confesar? ¿Que mi hijo está loco? ¿Que ha estado siempre loco?

—Cuando su hijo se casó, ¿a usted le pareció bien?

—Sí. Fui bastante tonta. Yo misma…

No concluyó la frase, que Maigret pareció coger al vuelo.

—¿Usted misma arregló la boda?

—Poco importa ahora.

—¿Y ya no mantiene una buena relación con su nuera?

—¿Qué le importa eso a usted? Eso es la vida privada de mi hijo, que no le incumbe a nadie, ¿entiende?, ni a mí ni a usted. Si esa mujer…

—Si esa mujer ¿qué?

—Nada. ¿Ha detenido a Marcel?

—Está en mi despacho, en el Quai des Orfèvres.

—¿Esposado?

—No.

—¿Va a meterlo en la cárcel?

—Es posible. Es muy probable. La joven a la que atacó anoche lo ha reconocido.

—Ella miente. Quiero verla, quiero verla a ella también y decirle...

Era la cuarta o quinta frase que dejaba en suspenso. Tenía los ojos secos, aunque brillantes de fiebre o de cólera.

—Espere un minuto. Voy con ustedes.

Maigret y Lognon se miraron. No la habían invitado. Era ella quien de pronto tomaba las decisiones. Ya se la podía oír en el cuarto de al lado, del que había dejado la puerta abierta, cambiándose de ropa y sacando su sombrero de una caja.

—Si les molesta que los acompañe, tomaré el metro.

—Le advierto que el inspector se va a quedar aquí para registrar su piso.

Ella miró al delgado Lognon como si fuera a cogerle por la solapa y a ponerlo en la escalera.

—¿Este?

—Sí, señora. Si quiere que las cosas se hagan en regla, estoy dispuesto a firmar una orden de registro.

Sin responder, pero refunfuñando palabras que no se le entendían, se dirigió hacia la puerta y le ordenó a Maigret:

—¡Vamos! —Y, desde el descansillo, le dijo a Lognon—: En cuanto a usted, tengo la impresión de haberle visto ya. Si tiene la desgracia de romper alguna cosa, o de desordenar el interior de mis armarios...

Durante todo el camino, sentada en el coche al lado de Maigret, fue hablando para sí misma a media voz:

—Ah, no. Esto no quedará así. Hablaré con las instancias superiores... Veré al ministro, al presidente de la República, si es necesario... En cuanto a los periódicos, tendrán que publicar lo que yo les diga, y...

En el pasillo de la policía judicial, vio a los fotógrafos y, cuando la apuntaron con sus cámaras, se fue derecha hacia ellos con la evidente intención de arrebatárselas. Se batieron en retirada.

—Por aquí.

Cuando se encontró en el despacho de Maigret, donde, aparte de Lapointe, que estaba asombrado, solo se hallaba su hijo, se detuvo, lo miró aliviada y, sin ir hacia él pero envolviéndolo con una mirada protectora, dijo:

—No tengas miedo, Marcel. Ya estoy aquí.

Moncin se había puesto en pie y le dirigió a Maigret una dura mirada de reproche.

—¿Qué quieren hacerte? No te habrán maltratado, ¿no?

—No, mamá.

—¡Están locos! ¡Te digo yo que están locos! Pero voy a ir a buscar al mejor abogado de París. No importa el precio. Le daré todo lo que tengo si es necesario. Venderé la casa. Iré a pedir por las calles.

—Cálmate, mamá.

Apenas se atrevía a mirarla a la cara, y parecía querer excusar la actitud de su madre ante los policías.

—¿Sabe Yvonne que estás aquí?

La buscaba con la mirada. ¿Cómo podía ser que en un momento semejante su nuera no se encontrara con su hijo?

—Sabe que estoy aquí, mamá.

—¿Qué ha dicho?

—¿No quiere sentarse, señora…?

—No me hace falta sentarme. Lo que quiero es que me devuelvan a mi hijo. Ven, Marcel. A ver si se atreven a retenerte.

—Lamento decirle que sí nos atrevemos.

—¿De modo que lo arresta usted?

—En cualquier caso, lo pongo a disposición de la justicia.

—Es lo mismo. ¿Lo ha pensado bien? ¿Se da cuenta de su responsabilidad? Le advierto de que no me voy a quedar tranquila, que removeré el cielo y la tierra…

—Haga el favor de sentarse y de responder a algunas preguntas.

—¡Por nada del mundo!

Esta vez se lanzó hacia su hijo y lo besó en las dos mejillas.

—No tengas miedo, Marcel. No te dejes impresionar. Tu madre está aquí. Yo me ocupo de ti. Pronto tendrás noticias mías.

Y, tras lanzarle a Maigret una mirada llena de dureza, se dirigió hacia la puerta con aire decidido. Lapointe pedía instrucciones mediante gestos. Maigret le indicó que la dejase salir, y en el pasillo se la oyó gritarles Dios sabe qué a los periodistas.

—Su madre parece quererle mucho.

—Solo me tiene a mí.

—¿Estaba muy unida a su padre?

Moncin abrió la boca para responder, pero prefirió no decir nada, y al comisario le pareció comprender.

—¿Qué clase de hombre era su padre?

Vaciló de nuevo.

—¿Su madre no era feliz con él?

Entonces soltó, con un sordo rencor en la voz:

—Era carnicero.

—¿Le avergonzaba a usted eso?

—Le ruego, señor comisario, que no me haga ese tipo de preguntas. Sé muy bien adónde quiere ir a parar, y puedo decirle que se equivoca en toda regla. Ya ha visto en qué estado ha puesto a mi madre.

—Ella sola se ha puesto así.

—Supongo que, en el bulevar Saint-Germain o en alguna otra parte, sus hombres estarán ocupados sometiendo a mi mujer al mismo trato.

Esta vez fue Maigret quien no contestó.

—Ella no tiene nada que decirle. Ni mi madre. Ni yo. Interrógueme todo lo que quiera, pero déjelas tranquilas a ellas.

—Siéntese.

—¿Otra vez? ¿Va a durar mucho esto?

—Probablemente.

—¿Tengo que suponer que no voy a comer ni a beber?

—¿Qué quiere?

—Agua.

—¿No prefiere cerveza?

—No bebo cerveza, ni vino, ni alcohol.

—Y tampoco fuma —dijo Maigret, pensativo.

Se llevó a Lapointe junto a la puerta.

—Empieza a interrogarle, poco a poco, sin llegar al fondo del asunto. Insístele sobre el traje. Pregúntale qué hizo exactamente el dos de febrero, el tres de marzo, todas las fechas en las que se cometieron los crímenes de Montmartre. Trata de saber si iba a ver a su madre un día fijo, por la mañana o por la noche, y por qué las dos mujeres están enemistadas…

En cuanto a él, se fue a comer solo a una mesa de la cervecería Dauphine, donde pidió un guiso de ternera que tenía un excelente olor a cocina casera.

Llamó a su mujer y le dijo que no iría a casa, y estuvo a punto de llamar también al doctor Tissot. Habría querido charlar con él como en el salón de Pardon. Pero Tissot era un hombre con tantas ocupaciones como Maigret. Y, además, este no tenía preguntas concretas que hacerle.

Estaba cansado y melancólico sin una razón concreta. Se sentía muy cerca del final. Los acontecimientos habían ido más deprisa de lo que él se habría atrevido a esperar. La actitud de Marthe Jusserand era significativa, y si no se había mostrado más categórica era porque tenía escrúpulos. La historia del traje regalado a un vagabundo carecía de fundamento. Por otra parte, no se tardaría mucho en averiguarlo, porque los vagabundos no son tan numerosos en París, y la policía los conoce más o menos a todos.

—¿Me necesita para algo, jefe?

Era Mazet, que había desempeñado el papel de presunto culpable y ahora no tenía nada que hacer.

—He pasado por el Quai. Me han dejado echar un vistazo al tipo. ¿Cree que es él?

Maigret se encogió de hombros. Ante todo, tenía necesidad de comprender. Es fácil comprender a un hombre que ha robado, que ha matado para que no lo detengan, o por celos, o en un acceso de cólera, incluso para lograr una herencia.

Esos crímenes, los crímenes corrientes, a veces le daban trabajo, pero no lo preocupaban. «Son imbéciles», tenía costumbre de gruñir Maigret, porque su idea, como la de algunos de sus ilustres predecesores, era que si los criminales fuesen inteligentes, no tendrían necesidad de matar.

Aun así, era capaz de meterse en su piel y reconstruir sus razonamientos o la serie de sus emociones.

Pero ante alguien como Marcel Moncin se sentía un neófito, y tanto era así que aún no se había atrevido a interrogarlo.

No se trataba de un hombre como los otros, que han infringido las leyes de la sociedad y se han puesto, de manera más o menos consciente, al margen de esta.

Era un hombre diferente, un hombre que mataba sin ninguna razón que los otros pudieran comprender, de manera casi infantil, rasgando después la ropa de sus víctimas, como con placer.

Ahora bien, en cierto sentido, Moncin era inteligente, su juventud no había tenido nada de anormal. Se había casado y parecía llevarse bien con su mujer. Y si su madre era un poco exagerada, no por ello dejaban de existir afinidades entre ambos.

¿Se daba cuenta de que estaba perdido? ¿Se ha dado cuenta esa mañana, cuando su mujer ha ido a despertarlo para anunciarle que la policía lo esperaba en el salón?

¿Qué reacciones podía tener un hombre como él? ¿Podía sufrir? ¿Sentía vergüenza entre una crisis y la siguiente, sentía odio hacia sí mismo y hacia sus instintos? ¿O, por el contrario, experimentaba la satisfacción de sentirse diferente de los demás de tal forma que, en su interior, pudiera llamar a esa diferencia «superioridad»?

—¿Café, Maigret?

—Sí.

—¿Una copita de coñac?

No. Si bebía, corría el riesgo de adormecerse, y ya se sentía muy pesado, como le sucedía casi siempre cuando trataba de identificarse con las personas con quienes tenía que habérselas.

—Parece que ya lo ha cogido, ¿no?

Maigret miró al patrón con ojos muy abiertos.

—Viene en el periódico del mediodía. Dicen que esta vez es el verdadero. ¡Le habrá dado bastante trabajo! Algunos pensaban que no lo pillarían nunca, como a Jack el Destripador.

Maigret se bebió su café, encendió su pipa y salió al aire caliente e inmóvil, que parecía aprisionado entre los adoquines y el cielo de color pizarra.

En el despacho de los inspectores, había una especie de mendigo sentado en una silla, con la gorra entre las manos, cuya chaqueta contrastaba con el resto de su indumentaria.

Era la famosa chaqueta de Marcel Moncin.

—¿Dónde lo habéis encontrado? —les preguntó Maigret a sus hombres.

—En el muelle, cerca del puente de Austerlitz.

No le preguntó al vagabundo, sino a los inspectores.

—¿Qué ha dicho?

—Que ha encontrado la chaqueta en la orilla.

—¿Cuándo?

—Esta mañana, a las seis.

—¿Y el pantalón?

—También estaba. Se trata de dos amigos. Se han repartido el traje. Tenemos todavía que atrapar al del pantalón, pero no tardará.

Maigret se aproximó al pobre hombre, se inclinó, y, en efecto, vio en la solapa la quemadura del cigarrillo.

—Quítate eso.

No tenía camisa debajo, solamente una camiseta rota.

—¿Estás realmente seguro de que la has encontrado esta mañana?

—Mi amigo se lo puede decir. Es el Gran Paul. Todos estos señores lo conocen.

También lo conocía Maigret. Le dio la chaqueta a Torrence.

—Llévasela a Moers. No sé si es posible, pero supongo que se podrá hacer algún análisis para determinar si una quemadura en el tejido es reciente o antigua. Dile que, en este caso, es cuestión de cuarenta y ocho horas. ¿Comprendes?

—Comprendo, jefe.

—Si la solapa la quemaron anoche o esta mañana…

Señaló su despacho.

—¿Qué tal van los de ahí?

—Lapointe ha pedido cerveza y bocadillos.

—¿Para los dos?

—Los bocadillos, sí; el otro no bebe más que agua de Vichy.

El comisario abrió la puerta. Lapointe, sentado en el lugar de su jefe, estaba elucubrando sobre una nueva pregunta que hacerle inclinado sobre sus notas.

—No debiste abrir la ventana. Solo entra aire caliente.

Fue a cerrarla. Moncin lo siguió con los ojos con aire de reproche, como un animalito al que los niños torturan sin que pueda defenderse.

—Déjame ver.

Examinó por encima las notas, tanto las preguntas como las respuestas, que no le dijeron nada nuevo.

—¿Ha pasado algo más?

—Ha llamado el abogado Rivière para decir que él se encarga de la defensa. Quiere venir enseguida. Le he pedido que se dirigiera al juez de instrucción.

—Has hecho bien. ¿Algo más?

—Acaba de llamar Janvier desde el bulevar Saint-Germain. Ha encontrado en el despacho de Moncin raspadores de todos los modelos que le pudieron servir para sus crímenes. En el dormitorio ha encontrado también una navaja automática común, con la hoja de unos ocho centímetros.

El médico forense que practicó las autopsias, el doctor Paul, había hablado mucho del arma, pues se había sentido intrigado. Por lo general, los crímenes de esta clase se cometen con un cuchillo de carnicero o de cocina de buen tamaño, o bien con un puñal o estilete.

«A juzgar por la forma y profundidad de las heridas, me atrevería a decir que han usado una navaja —había dicho—. Pero una navaja normal se habría plegado, por supuesto. Es indispensable que sea automática. En mi opinión, el arma no es temible en sí. Lo que la hace mortal es la destreza con que la usan».

—Hemos encontrado su chaqueta, señor Moncin.

—¿En los muelles?

—Sí.

Abrió la boca, pero se contuvo. ¿Qué habría querido preguntar?

—¿Ha comido bien?

El plato estaba aún allí, y quedaba medio bocadillo de jamón. Por el contrario, la botella de agua de Vichy estaba vacía.

—¿Está cansado?

Respondió con una media sonrisa de resignación. En su persona y en su indumentaria, todo era de medias tintas. Había conservado de la adolescencia una mezcla de timidez y de donaire que resultaba difícil de explicar. ¿Sería debido a sus cabello rubio, a sus ojos azules, o también a una salud frágil?

A partir del día siguiente, iba a pasar sin duda por las manos de médicos y psiquiatras. Pero no había que ir demasiado deprisa. Luego sería demasiado tarde.

—Te relevo —le dijo Maigret a Lapointe.

—¿Me puedo ir?

—Espera cerca. Avísame si Moers descubre algo.

Una vez cerrada la puerta, se quitó la chaqueta, se dejó caer en su silla y puso los codos sobre la mesa. Durante unos cinco minutos posó la mirada sobre Marcel Moncin, el cual volvió la cabeza hacia la ventana.

—¿Es usted muy infeliz? —murmuró al fin Maigret, como a su pesar.

El hombre se estremeció, evitó mirarle, y esperó un momento antes de contestar:

—¿Por qué habría de ser infeliz?

—¿Cuándo descubrió usted que no era como los demás?

Hubo una contracción en el rostro del decorador, pero logró soltar una risa irónica.

—¿A usted le parece que soy diferente a los demás?

—¿Cuando era usted joven…?

—¿Sí?

—¿… lo sabía ya?

Maigret tenía la sensación de que si en aquel momento encontraba las palabras exactas, desaparecería la barrera entre él y aquel hombre, que, al otro lado de la mesa, estaba sentado con rigidez en su silla. El estremecimiento de antes no era cosa de la imaginación del comisario. Se estaba produciendo un cambio, y parecía faltar muy poco para que a Marcel Moncin se le humedecieran los ojos.

—Usted sabe que no corre peligro de ir al cadalso ni a la cárcel, ¿verdad?

¿Se había equivocado Maigret de táctica? ¿Había escogido la frase incorrecta?

Su interlocutor volvió a ponerse rígido, dueño de sí y de una calma en apariencia absoluta.

—No corro ningún peligro porque soy inocente.

—¿Inocente de qué?

—De lo que usted me acusa. No tengo nada que decir. No responderé a nada más.

No eran palabras al viento. Se notaba que había tomado una decisión y la mantendría.

—Como quiera —suspiró el comisario, y pulsó el timbre.

7

Que sea lo que Dios quiera

Maigret cometió un error. ¿Habría dejado de cometerlo cualquiera que se encontrase en su lugar? Era una pregunta que más adelante se haría a menudo y para la que nunca obtuvo una respuesta satisfactoria.

Debían de ser las tres y media cuando subió al laboratorio. Moers le preguntó:

—¿Ha recibido mi informe?

—No.

—Acabo de enviárselo. Se habrá cruzado con el empleado al que he encargado que se lo llevara. La quemadura de la chaqueta se hizo hace menos de doce horas. Si quiere le puedo explicar…

—No. ¿Estás seguro de lo que me dices?

—Sin duda. De todas maneras, voy a hacer más pruebas. Supongo que no hay problema con que queme la chaqueta por dos o tres sitios, en la espalda, por ejemplo… Esas quemaduras de prueba podrían servir si el asunto llegara a los tribunales.

Maigret asintió con la cabeza y volvió a bajar. Marcel Moncin se encontraría ya con la policía científica, donde tendría que desnudarse para su primer reconocimiento médico y para las mediciones habituales y donde, vestido pero sin corbata, le harían fotografías de frente y de perfil.

Los periódicos habían publicado ya las que tomaran los fotógrafos al llegar al Quai, y algunos inspectores, provistos de fotografías del detenido, seguían trabajando en el barrio de Grandes-Carrières, formulando infinidad de veces las mismas preguntas a los empleados del metro, a los comerciantes, a todos los que hubieran podido ver al decorador el día anterior o en las fechas de los demás ataques.

En el patio de entrada de la policía judicial, el comisario subió a uno de los coches y pidió que lo llevaran al bulevar Saint-Germain. La misma criada de por la mañana abrió la puerta.

—Su compañero está en el salón—le comunicó.

Se refería a Janvier, que se hallaba pasando a limpio las notas de su registro.

Los dos estaban cansados.

—¿Dónde está la mujer?

—Hace media hora me ha pedido permiso para ir a acostarse.

—¿Qué ha hecho el resto del tiempo?

—No la he visto casi. De vez en cuando ha venido a echar un vistazo a la habitación donde yo estaba, para saber qué hacía.

—¿No le has preguntado nada?

—Usted no me dijo que lo hiciera.

—Supongo que no has encontrado nada interesante.

—He hablado con la criada. Hace seis meses que está aquí. El matrimonio recibe a poca gente y no salen casi nunca. Parece que no tienen amigos íntimos. De vez en cuando van a pasar el fin de semana en casa de los suegros, que al parecer tienen una villa en Triel y viven allí todo el año.

—¿Qué clase de gente son?

—El padre tenía una farmacia en la plaza Clichy y se retiró hace unos años.

Lapointe le enseñó a Maigret la fotografía de un grupo de personas en un jardín. Podía verse a Moncin con chaqueta clara, a su mujer con un traje ligero, a un hombre con perilla entrecana y a una mujer bastante gorda que sonreía beatíficamente con la mano apoyada en el capó de un coche.

—Aquí hay otra. La joven con los niños es la hermana de la señora Moncin, que está casada con el dueño de un garaje en Levallois. Tienen también un hermano que vive en África.

Había una caja llena de fotografías, sobre todo de la señora Moncin, incluso una de su primera comunión, y el inevitable retrato de la pareja el día de su boda.

—Hay algunas cartas de negocios, no muchas. Parece que solo tiene una docena de clientes. Facturas. Por lo que he podido ver, no las pagan hasta que los proveedores han reclamado tres o cuatro veces.

La señora Moncin, que tal vez había oído entrar al comisario, o a la que había avisado la criada, apareció en el marco de la puerta, con el rostro más cansado que por la mañana. Se veía que acababa de peinarse y empolvarse.

—¿No lo ha traído? —preguntó.

—Primero tiene que dar una explicación satisfactoria a ciertas coincidencias.

—¿De verdad cree que es él?

No le respondió, y ella no protestó con vehemencia, sino que se limitó a encogerse de hombros.

—Se dará cuenta un día de que se ha equivocado, y entonces lamentará el mal que le ha hecho.

—¿Usted lo quiere?

La pregunta le pareció tonta en cuanto la hubo hecho.

—Es mi marido —respondió ella.

¿Significaba eso que lo quería, o que, por ser su mujer, debía estar a su lado?

—¿Lo ha mandado a la cárcel?

—Todavía no. Está en el Quai des Orfèvres. Hay que interrogarlo otra vez.

—¿Qué ha dicho?

—Se niega a responder. ¿Tiene usted algo que decirme, señora Moncin?

—No.

—Considere que si su marido es culpable, como tengo motivos para suponer, no le espera el cadalso ni los trabajos forzados. Se lo he dicho hace un rato. De hecho, estoy seguro de que los médicos lo declararían irresponsable. Un hombre que ha matado a cinco mujeres en la calle y después les ha roto la ropa es un enfermo. Cuando no está bajo el efecto de una de sus crisis puede pasar por una persona normal. Tanto es así que hasta ahora nadie ha advertido su comportamiento. ¿Me está escuchando?

—Le escucho.

Sí, escuchaba, pero se habría dicho que aquella digresión no la concernía y que no tenía nada que ver con su marido. Llegó incluso a seguir con la mirada el vuelo de una mosca que revoleteaba sobre el tul de la cortina.

—Han asesinado a cinco mujeres, y mientras siga libre el asesino, el maniaco o el demente, como queramos llamarlo, otras vidas estarán en peligro. ¿Se da cuenta? ¿Se da cuenta también de que aunque hasta ahora solo ha atacado a mujeres en la calle, el sistema podría cambiar y quizá mañana ataque a las personas que lo rodean? ¿No tiene miedo?

—No.

—¿No le da la impresión de que durante meses, tal vez años, ha corrido usted un peligro mortal?

—No.

Resultaba descorazonador. Su actitud ni siquiera era desafiante. Su actitud era de calma. Casi de serenidad.

—¿Ha visto a mi suegra? ¿Qué ha dicho ella?

—Ha protestado. ¿Puedo preguntar por qué existe esa frialdad entre las dos?

—No tengo interés en hablar de esas cosas. Carece de importancia.

¿Qué más se podía hacer?

—Puedes venir, Janvier.

—¿No va a enviarme a mi marido?

—No.

Los acompañó hasta la puerta, que cerró tras ellos. Eso fue todo lo que ocurrió aquella tarde. Maigret cenó con Lapointe y Janvier mientras Lucas se quedaba solo con Marcel Moncin en el despacho del comisario. Después hubo que valerse de un engaño para sacar al sospechoso de las oficinas de la policía judicial, porque los pasillos y antesalas estaban atestadas de periodistas y fotógrafos.

Algunas gruesas gotas de lluvia se habían estrellado contra el pavimento alrededor de las ocho, y todo el mundo esperaba una tormenta, pero si había estallado, debía de ser en algún lugar hacia el este, donde el cielo era aún de un negro ponzoñoso.

No esperaron hasta la hora exacta en que se produjo el intento frustrado de la noche anterior, pues desde las nueve las calles estaban oscuras y la iluminación era exactamente la misma.

Maigret salió solo por la escalera principal charlando con los reporteros. Lucas y Janvier fingieron conducir a Moncin a la Ratonera, esta vez esposado, pero una vez abajo fueron a la cochera y lo hicieron subir a un coche.

Se encontraron todos en la esquina de la calle Norvins, donde ya estaba esperando Marthe Jusserand en compañía de su novio.

Tan solo se necesitaron unos minutos. Condujeron a Moncin al lugar exacto en el que habían atacado a la joven. Le pusieron la chaqueta con la quemadura.

—¿No había otras luces?

La auxiliar miró en torno suyo y negó con la cabeza.

—No. Estaba igual que ahora.

—Trata de mirarlo desde el mismo ángulo que lo viste entonces.

Ella se inclinó de diversas formas y colocó al hombre en dos o tres lugares diferentes.

—¿Lo reconoces?

Fuertemente emocionada, con el pecho agitado, echó una rápida ojeada a su prometido, que permanecía discretamente apartado, y murmuró:

—Es mi deber decir la verdad, ¿no es así?

—Es tu deber.

Con otra mirada pareció pedir perdón a Moncin, que aguardaba con expresión indiferente.

—Estoy segura de que es él.

—¿Lo reconoces formalmente?

Ella asintió con la cabeza y después, tras haberse mostrado tan valiente, estalló en sollozos.

—Ya no te necesito esta noche. Gracias —le dijo Maigret llevándola hacia su prometido—. ¿Lo ha oído, señor Moncin?

—Lo he oído.

—¿No tiene nada que decir?

—Nada.

—Lleváoslo.

—Buenas noches, jefe.

—Buenas noches, muchachos.

Maigret se subió a uno de los coches.

—A mi casa, al bulevar Richard-Lenoir.

Pero esta vez le pidió que parara cerca de la plaza de Anvers para beberse una cerveza en un bar. Su tarea casi había terminado. A la mañana siguiente, el juez Coméliau querría sin duda interrogar a Moncin, y enseguida lo enviaría a los especialistas para un reconocimiento mental.

A la policía judicial no le quedaba más que hacer un trabajo rutinario: buscar testigos, interrogarlos y redactar un expediente tan completo como fuera posible.

La razón de que Maigret no estuviera satisfecho era otra historia. Profesionalmente había hecho todo lo que tenía que hacer. Pero aún no había comprendido. La «conmoción» no se había producido. En ningún momento había tenido la sensación de un contacto humano entre él y el decorador.

También la actitud de la señora Moncin lo turbaba. Con ella debía intentarlo una vez más.

—Pareces cansado —comentó la señora Maigret—. ¿De verdad has terminado?

—¿Quién ha dicho eso?

—Los periódicos. También la radio.

Él se encogió de hombros. Después de tantos años, ¡su mujer creía aún lo que decían los periódicos!

—En cierto sentido, sí, he terminado.

Entró en el dormitorio y empezó a desnudarse.

—Espero que mañana puedas dormir hasta más tarde.

También él lo esperaba. Estaba menos cansado que disgustado, aunque no sabía exactamente por qué.

—¿Estás descontento?

—No. No te preocupes. Ya sabes que esto me pasa mucho en casos como este.

Ya no existía la excitación de la investigación, de la búsqueda, y de pronto sentía una especie de vacío.

—No hay que hacer caso a esas cosas. Ponme una copita para que pueda dormir diez horas como un animal.

No miró la hora que era antes de dormirse. Dio vueltas un buen rato entre las sábanas, ya húmedas, mientras en algún lugar del barrio un perro se obstinaba en aullar.

No tenía ya noción del tiempo ni de nada, ni siquiera de dónde se encontraba, cuando de pronto empezó a sonar el teléfono. Lo dejó sonar un rato, pero finalmente tendió la mano con tanta torpeza que volcó el vaso del agua sobre la mesilla de noche.

—Diga.

Tenía la voz ronca.

—¿Señor comisario?

—¿Quién llama?

—Soy Lognon. Perdone que le moleste…

Había algo triste en la voz del inspector Malasombra.

—Sí. Te escucho. ¿Dónde estás?

—En la calle de Maistre…

Y, bajando el tono, Lognon prosiguió como a su pesar:

—Se acaba de cometer un nuevo crimen… Una mujer… A puñaladas… Tiene la ropa desgarrada…

La señora Maigret había encendido la luz. Vio que su marido se incorporaba en la cama mientras se frotaba los ojos.

—¿Estás seguro? ¿Oiga? ¿Lognon?

—Sí. Sigo al aparato.

—¿Cuándo? Y, antes de nada, ¿qué hora es?

—Las doce y diez.

—¿Cuándo ha ocurrido?

—Hará unos tres cuartos de hora. He tratado de llamarle al Quai. Estaba yo solo de servicio.

—Voy para allá…

—¿Otra más? —preguntó su mujer.

Él hizo un signo afirmativo.

—Yo creía que el asesino estaba ya entre rejas…

—Moncin está en la Ratonera. Llama a la policía judicial mientras me visto.

—¿Hola? ¿La policía judicial?… El comisario Maigret quiere hablar con ustedes.

—¿Hola? ¿Quién está al aparato? —gruñó Maigret—. ¿Eres tú, Mauvoisin? ¿Ya te ha puesto al corriente Lognon? Supongo que nuestro hombre no se ha movido del sitio, ¿verdad?… ¿Cómo?… ¿Que acabas de comprobarlo?… Yo me encargo. ¿Me puedes enviar ahora mismo un coche? A mi casa, sí.

La señora Maigret comprendió que lo mejor que podía hacer era quedarse callada. Fue al aparador, lo abrió y le puso a su marido una copita de licor de endrina. Maigret se la bebió sin pensarlo, y ella lo acompañó hasta la escalera.

Por el camino, Maigret no despegó los labios y no dejó de mirar al frente. En cuanto se apeó, cerca de un grupo de unas veinte personas en un lugar mal iluminado de la calle de Maistre, cerró tras de sí de un portazo.

Lognon salió a su encuentro con la expresión de alguien que va a anunciar el fallecimiento de un familiar.

—Estaba de guardia cuando me han avisado por teléfono. He venido de inmediato.

Al borde de la acera había una ambulancia, y los enfermeros, que esperaban instrucciones, formaban manchas claras en la noche. También había algunos curiosos que guardaban silencio, impresionados.

Una silueta femenina se hallaba tendida sobre la acera, casi contra la pared, y zigzagueaba un reguero de sangre, oscura y ya espesa.

—¿Está muerta?

Se le acercó alguien, un médico del barrio, según comprendió Maigret por lo que le dijo.

—He contado por lo menos seis puñaladas —dijo—. Solo he podido hacerle un examen superficial.

—¿Todas en la espalda?

—No. Por lo menos cuatro en el pecho. Otra en la garganta, la cual parece posterior a las otras, probablemente cuando la víctima estaba ya en el suelo.

—El golpe de gracia… —dijo Maigret con una risa irónica.

¿Significaba eso que aquel crimen era también para él un golpe de gracia?

—Hay heridas menos profundas en los antebrazos y en las manos.

Eso le hizo fruncir el ceño.

—¿Se sabe quién es? —preguntó, señalando a la muerta.

—He encontrado su carnet de identidad en el bolso. Se llamaba Jeanine Laurent, criada al servicio del matrimonio Durandeau, en la calle de Clignancourt.

—¿Qué edad?

—Diecinueve años.

Maigret prefirió no mirarla. La joven sirvienta se había puesto seguramente su mejor vestido, de tul azul celeste, casi un traje de baile. Sin duda había ido a bailar. Llevaba zapatos de tacones muy altos; uno se le había salido del pie.

—¿Quién ha dado la alarma?

—Yo, señor comisario.

Era un agente ciclista, que esperaba pacientemente su turno.

—Estaba haciendo mi ronda con mi compañero, aquí presente, cuando, en la acera de la izquierda, divisé…

No había visto nada más. Al inclinarse sobre el cuerpo, este aún estaba caliente y la sangre seguía saliendo por las heridas. Por eso creyó por un instante que la chica no estaba muerta.

—Que la lleven al Instituto Forense y que avisen al doctor Paul —dijo Maigret, y dirigiéndose a Lognon añadió—: ¿Has dado instrucciones?

—He distribuido por el barrio a todos los hombres que he podido encontrar.

¿Para qué? ¿Acaso no lo habían hecho ya sin éxito? Un coche llegó a toda velocidad, se detuvo con un chirriar de frenos, y de él bajó de un salto el joven Rougin, con el cabello enmarañado.

—Pero bueno, querido comisario…

—¿Quién te ha dado el aviso?

Maigret estaba gruñón, agresivo.

—Alguien de la calle… Todavía hay gente que cree en la utilidad de la prensa… Así que tampoco era el verdadero…

Sin preocuparse más del comisario corrió a la acera seguido de su fotógrafo y, mientras este hacía fotos, él interrogaba a los curiosos que tenía alrededor.

—Ocúpate del resto —gruñó Maigret, dirigiéndose a Lognon.

—¿No necesita a nadie?

El comisario hizo un gesto negativo y volvió a su coche con la cabeza baja, con expresión de estar dando vueltas a pensamientos indigestos.

—¿Adónde vamos, jefe? —preguntó el conductor.

Maigret lo miró sin saber qué responder.

—Baja hacia la plaza Clichy o a la plaza Blanche.

No había nada que hacer en el Quai des Orfèvres. ¿Se podía hacer algo que no se hubiera intentado aún? Ni siquiera tenía el valor de ir a meterse en la cama.

—Espérame aquí.

Tenían a la vista las luces de la plaza, donde aún había terrazas iluminadas.

—¿Qué le sirvo?

—Lo que quiera.

—¿Una cerveza? ¿Un aguardiente?

—Una cerveza.

En una mesa vecina, una joven de cabello platino, con los senos medio descubiertos por un traje ceñido, se esforzaba por convencer a media voz a su acompañante de que la llevase a un club nocturno que estaba enfrente y tenía un letrero de neón.

—Te aseguro que no te arrepentirás. Es un poco caro, pero…

¿Entendía el otro lo que decía? Era estadounidense o inglés, y negaba con la cabeza mientras repetía:

—No… No…

—¿No sabes decir otra cosa, «no, no»? ¿Y si yo dijera también «no» y te abandonase?

Él sonrió con placidez, y ella, impacientándose, llamó al camarero para pedirle una nueva ronda.

—Ponme también un bocadillo. Ya que este no quiere ir a cenar ahí enfrente…

Otros discutían los números de una revista musical que acababan de ver en un cabaret cercano. Un árabe vendía cacahuetes. Una vieja vendedora de flores reconoció a Maigret y prefirió alejarse. El inspector se fumó al menos tres pipas sin moverse, viendo pasar a los transeúntes, los taxis, escuchando retazos de conversaciones, como necesitase calmar sus nervios en la vida de todos los días.

Una mujer de unos cuarenta años, gruesa, pero aún deseable, que estaba sentada sola a una mesita sobre la cual le habían servido una menta con agua, le dirigía sonrisas insinuantes sin percatarse de quién era él.

Maigret le hizo una seña al camarero.

—Otra —pidió.

Necesitaba tiempo para calmarse. Antes, en la calle de Maistre, su primer impulso había sido correr a la Ratonera, entrar en la celda de Marcel Moncin y sacudirlo hasta que hablara: «Confiesa que has sido tú, canalla…».

Tenía una certeza casi dolorosa. Era imposible que se hubiera equivocado por completo. Y, sin embargo, no era ya piedad, ni siquiera la misma curiosidad que antes, lo que sentía por el falso arquitecto. Era cólera, casi rabia.

Pero ese sentimiento se iba evaporando poco a poco con la relativa frescura de la noche, al contemplar el espectáculo de la calle.

Había cometido un error, y ahora sabía cuál.

Era demasiado tarde para enmendarlo, porque una joven había muerto, una chica de pueblo que, como miles de otras cada año, había venido a París a probar suerte y una noche había salido a bailar tras pasarse todo el día en la cocina.

Era incluso demasiado tarde para confirmar la idea que se le había ocurrido. A aquella hora no encontraría nada. Y si había alguna pista, si existía la posibilidad de recabar testimonios, podía esperar hasta la mañana siguiente.

Sus hombres estaban tan cansados como él. Aquello ya duraba demasiado. Cuando, a la mañana siguiente, leyeran los periódicos en el metro o en el autobús y se reunieran en el Quai des Orfèvres, sentirían el mismo estupor, el mismo anonadamiento que se había apoderado el comisario. ¿No habría algunos que empezarían a dudar de él?

Lognon, al llamarlo, estaba avergonzado, y, en la calle de Maistre, casi parecía ofrecerle sus condolencias.

Imaginó la reacción del juez Coméliau, su imperiosa llamada telefónica en cuanto abriera el periódico.

Con paso lento se dirigió hacia el interior de la cervecería y pidió una ficha en el mostrador. Quería llamar a su mujer.

—¿Eres tú? —exclamó sorprendida.

—Es solo para decirte que esta noche no volveré a casa.

Aun así, no había una razón concreta para ello. No tenía nada inmediato que hacer, aparte de cocerse a fuego lento en su propio jugo. Sentía la necesidad de estar en la atmósfera conocida del Quai des Orfèvres, de estar en su despacho con algunos de sus hombres.

No quería dormir. Ya tendría tiempo de dormir cuando todo hubiera acabado de una vez, y entonces quizá se decidiría a pedir unas vacaciones.

Siempre era así. Se prometía unas vacaciones, y luego, cuando llegaba el momento, encontraba excusas para quedarse en París.

—¿Qué le debo, camarero?

Pagó y regresó al coche.

—Al Quai.

Encontró a Mauvoisin con otros dos o tres, uno de los cuales estaba comiendo salchichón, que bajaba con vino tinto.

—No os preocupéis por mí, muchachos. ¿Alguna novedad?

—Todavía lo mismo. Están interrogando a los transeúntes. Detienen a extranjeros que no tienen los papeles en regla.

—Llama a Janvier y a Lapointe. Diles que se presenten aquí a las cinco y media de la mañana.

Se quedó una hora solo en su despacho, leyendo y releyendo las actas de los interrogatorios, en particular las de la madre y la mujer de Moncin.

Después se arrellanó en un sillón con la camisa abierta a la altura del pecho y pareció dormitar de cara a la ventana. ¿Es posible que llegara a echar una cabezada? No se dio cuenta. En todo caso, no oyó a Mauvoisin cuando, en cierto momento, entró en el despacho y se retiró de puntillas.

Los cristales palidecieron, el cielo se tornó gris, después azul, y al fin apareció el sol. Cuando Mauvoisin entró por segunda vez, llevaba una taza de café que acababa de preparar en un hornillo. Janvier había llegado; Lapointe no tardaría.

—¿Qué hora es?

—Las cinco y veinticinco.

—¿Están aquí?

—Janvier. En cuanto a Lapointe…

—Ya he llegado, jefe —se oyó decir al propio Lapointe.

Llegaban bien afeitados, mientras que los que habían pasado la noche en vela tenían las mejillas sin rasurar y rojeces en la cara.

—Entrad los dos.

¿Era una nueva equivocación no hablar primero con el juez Coméliau? Si lo era, él cargaba con su responsabilidad y con la de los demás.

—Janvier, vuelve a la calle Caulaincourt. Que vaya un compañero contigo, no importa quién, el que esté más despejado.

—¿A casa de la vieja?

—Sí. Me la traes. Probablemente, protestará y se negará.

—Eso está claro.

El comisario le tendió un papel que acababa de firmar como si hubiera querido romper la pluma.

—Le entregas esta citación. En cuanto a ti, Lapointe, te toca ir a buscarme a la señora Moncin al bulevar Saint-Germain.

—¿Me da una citación también?

—Sí. Con ella dudo de que haga falta. Ponedlas a las dos juntas en un despacho; os aseguráis de cerrarlo y luego venís a avisarme.

—El Barón y Rougin están en el pasillo.

—Faltaría más…

—¿Importa eso?

—Pueden verlas.

Los dos se fueron al despacho de los inspectores, donde las luces seguían encendidas. Maigret abrió la puerta de su armario. Allí guardaba siempre los utensilios para afeitarse. Eso hizo, y se cortó un poco encima del labio.

—¿Te queda café, Mauvoisin? —gritó.

—Un momento, jefe. Estoy preparando una segunda ronda.

Fuera, los remolcadores eran los primeros en cobrar vida y se desplazaban a lo largo del muelle a recoger su hilera de barcazas para llevarlas al alto o bajo Sena.

Algunos autobuses estaban cruzando el puente Saint-Michel, casi desierto, y, justo al lado, un pescador de caña se había instalado con las piernas colgando sobre el agua oscura.

Maigret comenzó a ir y venir, evitando el pasillo y a los periodistas, mientras que los inspectores se guardaban de hacerle preguntas y aun de mirarle a la cara.

—¿No ha llamado Lognon?

—Llamó hacia las cuatro para decir que no había novedades, solo que la muchacha había ido a bailar a un club nocturno cerca de la plaza del Tertre. Iba allí una vez a la semana, o tenía novio regular.

—¿Salió sola?

—Eso creen los camareros, pero no están seguros. Tienen la impresión de que era una chica formal.

Se oyó ruido en el pasillo y una voz alta y chillona de mujer, sin que pudiera entenderse lo que decía.

Unos instantes más tarde, Janvier entró en el despacho con la expresión de un hombre que acaba de cumplir una tarea poco grata.

—¡Ya está! Ha costado bastante trabajo.

—¿Estaba acostada?

—Primero me ha hablado a través de la puerta y se ha negado a abrirme. He tenido que ir a buscar un cerrajero. Ha acabado poniéndose una bata.

—¿Te has quedado esperando mientras se vestía?

—En el descansillo de la escalera. Se negaba a dejarme entrar en el piso.

—¿Está sola ahora?

—Sí. Aquí está la llave.

—Ve a esperar a Lapointe al pasillo.

Doce minutos más tarde, ambos inspectores se reunieron con Maigret.

—¿Ya están juntas?

—Sí.

—¿No han echado chispas?

—No han intercambiado ni una mirada, y han fingido no conocerse.

Janvier, vacilando, arriesgó una pregunta:

—¿Qué hacemos ahora?

—Ahora mismo, nada. Instálate en el despacho adyacente, cerca de la puerta que comunica ambos. Si se ponen a hablar, intenta oír lo que dicen.

—¿Y si no hablan?

Maigret esbozó un gesto vago que podía significar: «Que sea lo que Dios quiera».

8

El mal humor de Moncin

A las nueve, las dos mujeres, encerradas en un estrecho despacho, no habían pronunciado una palabra. Se mantenían inmóviles, sentadas cada una en una silla con respaldo porque no había sillones en la estancia, como si estuvieran en la sala de espera del médico o del dentista, pero sin poder hojear una revista.

—Una de las dos se ha levantado para abrir la ventana —dijo Janvier, que había ido a recabar información—; después ha vuelto a su sitio y ya no se ha oído nada más.

Maigret no había pensado en que al menos una de las dos no sabía nada del crimen de la noche anterior.

—Haz que lleven periódicos a la habitación. Que los dejen sobre la mesa, como si fuese una costumbre, de tal manera que las dos puedan ver los titulares desde donde están sentadas.

Coméliau había llamado ya dos veces, la primera desde su casa, donde sin duda había leído el periódico mientras desayunaba, y la segunda desde el Palacio de Justicia.

—Respóndale que me han visto por el edificio y que me están buscando.

Una importante cuestión había quedado ya resuelta gracias a los inspectores que el comisario había enviado a primera hora de la mañana. Para la madre de Moncin, la respuesta era simple. A ella le era posible entrar en el inmueble de la calle Caulaincourt y salir a cualquier hora de la noche sin molestar a la portera, porque, como propietaria, tenía una llave. Ahora bien: la portera apagaba la luz y se acostaba a las diez de la noche, como muy tarde a las diez y media.

En el bulevar Saint-Germain, los Moncin no tenían llave, y su portera se acostaba más tarde, alrededor de las once. ¿Era por eso por lo que, salvo el de la noche precedente, los ataques habían tenido lugar bastante más temprano? Mientras no estuviese acostada y la puerta no estuviese cerrada, la portera prestaba tan solo atención superficial a los inquilinos que volvían del cine, del teatro o de casa de algún amigo.

Por la mañana abría la puerta hacia las cinco y media para sacar los cubos de basura a la acera y entraba en su casa a arreglarse. Alguna vez volvía a acostarse una hora más.

Eso explicaría, en el caso de Marcel Moncin, que pudiera haber salido sin ser visto después del ataque fallido para deshacerse del traje en los muelles.

¿Había podido salir su mujer el día anterior por la noche y entrar más tarde, probablemente después de medianoche, sin que la portera se acordase de haberle abierto la puerta?

El inspector, de vuelta del bulevar Saint-Germain, respondió afirmativamente.

—La portera dice que no, claro —le explicó a Maigret—. Los inquilinos no son de la misma opinión. Después de haber enviudado, la portera ha tomado la costumbre de beberse cada noche dos o tres copitas de no sé qué licor de los

Pirineos. Algunas veces hay que llamar repetidamente antes que abra, y acude a la puerta medio dormida, sin entender el nombre que murmuran los vecinos al pasar.

Por teléfono llegaban otras informaciones, algunas algo confusas. Se supo, por ejemplo, que Marcel Moncin y su mujer se conocían desde la infancia y que habían ido juntos al colegio. Un verano, cuando Marcel Moncin tenía nueve años, la mujer del farmacéutico del bulevar de Clichy se lo llevó de vacaciones con sus hijos a una villa alquilada en Etretat.

También que, después de su matrimonio, la joven pareja había vivido varios meses en un piso que la señora Moncin madre puso a su disposición en el edificio de la calle Caulaincourt, en la misma planta que ella.

A las nueve y media, Maigret dijo:

—Que vayan a buscar a Moncin a la Ratonera. A menos, claro está, que esté ya en el despacho de Coméliau.

Janvier, desde su puesto de observación, había oído a una de las dos mujeres levantarse, y después el ruido propio del papel de periódico. No sabía de cuál de las dos se trataba. No se había oído ninguna voz.

El tiempo de nuevo se había aclarado. Brillaba el sol, pero era menos pesado que los días precedentes, porque una leve brisa agitaba las hojas de los árboles y a veces movía los papeles de la mesa.

Moncin entró sin decir nada, miró al comisario, lo saludó con un imperceptible movimiento de la cabeza y esperó a que lo invitara a tomar asiento. No había podido afeitarse, y su rala barba disminuía un poco la limpidez de su rostro, que parecía más fofo, con las facciones algo desvaídas, sin duda por el cansancio.

—¿Le han puesto al corriente de lo que pasó anoche?

—Nadie me ha dicho nada —contestó con tono de reproche.

—Lea.

Y le tendió los periódicos, que daban cuenta detallada de los sucesos de la calle de Maistre. Mientras el prisionero leía, el comisario no le quitó el ojo de encima y tuvo la certeza de no equivocarse: *la primera reacción de Moncin fue de contrariedad.* Frunció las cejas, sorprendido y disgustado.

A pesar de la detención del decorador,
nueva víctima en Montmartre

Por un momento pensó que se trataba de una trampa, tal vez de un periódico expresamente falsificado para hacerle hablar. Leyó con atención, miró la fecha en la cabecera de la página y se convenció de que el periódico era de verdad.

Había en Moncin una especie de cólera reprimida, como si le hubieran estropeado algo.

Al mismo tiempo reflexionó, trató de comprender, y al fin pareció encontrar la solución al problema.

—Como puede ver —dijo Maigret—, alguien se ha esforzado por salvarle. Una lástima que eso le haya costado la vida a una pobre muchacha recién llegada a París.

Una sonrisa furtiva afloró en los labios de Moncin. Se esforzó por contenerla, pero aun así se le notó una satisfacción infantil que reprimió enseguida.

—Las dos mujeres están aquí —continuó Maigret con desdén, haciendo como si no lo mirara.

Era una curiosa contienda y no recordaba haber sostenido otra igual. Ni el uno ni el otro pisaban terreno firme. La más pequeña expresión tenía importancia: una mirada, un fruncir de labios, un parpadeo.

Moncin estaba cansado, pero el comisario no lo estaba menos, y él, además, estaba irritado. Más de una vez estuvo tentado de poner en manos del juez el asunto tal como se encontraba y dejarle a él la tarea de desenmarañarlo.

—Ahora van a traerlas. Y así podrán ustedes hablar.

¿Qué sentimiento embargaba a Moncin en ese instante? ¿El furor? Era posible. Sus ojos azules se volvieron más fijos, sus mandíbulas se contrajeron y le lanzó al comisario una ojeada de reproche. Pero quizá también fuera de miedo, porque el sudor del día anterior apareció en su frente y le perló el labio superior.

—¿Sigue decidido a callar?

—No tengo nada que decir.

—¿No cree que ya es hora de acabar con esto? ¿No comprende, Moncin, que persistir en su actitud ha ocasionado *un crimen* más? Si hubiera confesado ayer, no se habría cometido.

—Yo no tengo nada que ver con eso.

—Y, por supuesto, usted no sabrá cuál de las dos se ha decidido estúpidamente a salvarlo…

Ya no sonreía. Al contrario, su expresión se endureció como si sintiera rencor hacia quien hubiera hecho aquello.

—Le voy a decir lo que pienso de usted. Usted es seguramente un enfermo, porque no quiero creer que un hombre con un cerebro normal podría actuar jamás como usted. Esa cuestión, que la resuelvan los psiquiatras. Peor para usted si lo declaran responsable de sus actos.

No dejaba de observarlo.

—¿Confiesa que se sentiría humillado si lo declaran irresponsable?

En efecto, los pálidos ojos de aquel hombre se iluminaron por un instante.

—Poco importa. Usted fue un niño como los demás, al menos en apariencia. El hijo de un carnicero. ¿Le parecía humillante ser el hijo de un carnicero?

No necesitaba oír la respuesta.

—También se lo parecía a su madre, que veía en usted a una especie de aristócrata fuera de lugar en la calle Caulaincourt. No sé qué aspecto tenía el buen hombre que debió de ser su padre. Entre tanta fotografía cuidadosamente guardada por su madre no he encontrado ni una sola de él. Se avergonzaba de él, supongo. Por el contrario, a usted le hacían fotos desde su más tierna infancia, desde todos los ángulos, y a los seis años ya le mandaron confeccionar un caro traje de marqués para una fiesta de disfraces. ¿Quiere usted a su madre, señor Moncin?

Este siguió callado.

—¿No terminó por sentir fastidio al verse tratado siempre como un ser delicado que exige cuidados constantes? Habría podido rebelarse, como tantos otros en su caso, cortar el hilo. Escúcheme bien. Otros se ocuparán de usted más tarde, los cuales no se andarán con rodeos. Para mí, usted sigue siendo un ser humano. ¿No comprende que eso es precisamente lo que busco hacer saltar en usted, la chispa humana? Usted no se rebeló porque es perezoso y porque tiene un orgullo inconmensurable. Otros nacen con título, fortuna, criados, rodeados de comodidades y lujos. Pero usted nació con una madre que suplió todo eso. Cualquier cosa que se le ocurriera, su madre se la daba. Usted era consciente de ello. Podía permitirse cualquier cosa. Solo debía pagar un precio: la docilidad. Usted pertenecía a esa madre. Era «su cosa». Usted no tenía derecho a ser como los demás. Y ella fue la que, por temor a que comenzara a tener aventuras, lo casó a los veinte años.

Moncin lo miraba con intensidad, pero no era posible adivinar el fondo de sus pensamientos. Una cosa era innegable: estaba orgulloso de que se ocuparan de él de aquella manera, de que un hombre de la talla de Maigret hiciera caso a sus hechos y hazañas, a sus pensamientos.

Si el comisario se equivocaba de pronto, ¿no reaccionaría, no protestaría?

—Yo no creo que usted haya estado nunca enamorado, porque está demasiado centrado en usted mismo para eso. Se casó con Yvonne para tener paz, tal vez con la esperanza de escapar así a la influencia de su madre. Desde muy niña, Yvonne sentía admiración por el muchacho rubio y elegante que era usted. Parecía hecho de una pasta distinta a sus pequeños compañeros, por muy hijo de carnicero que fuese. Su madre se dejó engañar. Ella no había visto más que a una niña tonta a la que podría manejar como quisiera, y los instaló a los dos e su mismo edificio para tenerlos vigilados. Pero todo esto no es suficiente para explicar que alguien mate, ¿verdad? La verdadera explicación no la darán los médicos, que solo podrán explicar un aspecto del problema, igual que hago yo. Solo usted conoce ese problema en su interior. Y, aun así, estoy convencido de que ni usted mismo sería capaz de explicarlo.

Esta vez provocó una sonrisa en la que había algo de desafío. ¿Significaba quizá que, si él quisiera, podía hacer que los demás comprendieran sus actos?

—Y ya termino. La supuesta niña tonta resultó ser no solamente una verdadera mujer, sino una mujer tan dominante como su madre. Comenzó la lucha entre las dos, y usted, al ser el objeto de la apuesta, iba de una a otra como una pelota. Su mujer ganó la primera partida, ya que le arrancó de la calle Caulaincourt y le trasplantó a un piso del bulevar Saint-Germain. Ella le brindó nuevos horizontes, nuevos vecinos y nuevos amigos, y de vez en cuando, usted se escapaba para volver a Montmartre. ¿No comenzó entonces a alimentar contra Yvonne la misma indignación que había sentido contra su madre? *¡Las dos le impedían ser un hombre, Moncin!*

El detenido le lanzó una mirada muy rencorosa, y después bajó los ojos hacia el suelo.

—Eso es lo que usted imaginaba, lo que se esforzaba por creer. Pero en el fondo sabía muy bien que no era verdad. Usted no tenía coraje para ser un hombre. No era un hombre. Las necesitaba, necesitaba el clima que ellas creaban a su alrededor, necesitaba sus cuidados, su admiración, su indulgencia. Y eso es precisamente lo que le humillaba.

Maigret fue a detenerse ante la ventana para recuperar el aliento y enjugarse la frente con su pañuelo. Tenía los nervios tan alterados como un actor que interpreta a un personaje en su paroxismo.

—No va a responder, ya lo sé, y también sé por qué: porque sería muy doloroso para su amor propio. Esa cobardía, ese sometimiento perpetuo en que ha vivido, son muy dolorosos. ¿Cuántas veces le asaltó la idea de matarlas? No me refiero a las pobres mujeres desconocidas a las que atacó en la calle. Me refiero a su madre y a su mujer. Apostaría a que, de niño y de adolescente, se le pasaba por la cabeza la idea de matar a su madre para ser libre. No era un verdadero proyecto, no. Era uno de esos pensamientos vagos que se olvidan pronto y que se atribuyen a un sentimiento de rabia. Después le pasaba lo mismo con Yvonne. Era prisionero de las dos. Le alimentaban, le mimaban, pero, al mismo tiempo, le poseían. Era usted «su cosa», su propiedad, y ellas se lo disputaban. Usted, zarandeado entre la calle Caulaincourt y el bulevar Saint-Germain, se convertía en una sombra para tener paz. ¿En qué momento y por qué, bajo el impacto de qué emoción o de qué humillación más violenta que las demás, se produjo la crisis? No lo sé. Solo usted podría responder a esa pregunta, y tampoco estoy seguro de eso. De modo que fue concibiendo el proyecto, vago al principio, pero preciso después, de hacer algo para reafirmarse a sí mismo. Pero ¿cómo reafirmarse? No mediante su profesión, porque ya sabe que usted ha sido siempre un fracasado o, lo que es aún peor, un aficionado. Nadie le habría tomado en serio. ¿Cómo reafirmarse entonces? ¿Mediante qué acto espectacular? Pues, para que su orgullo quedase satisfecho, era preciso que uno fuese espectacular, hacía falta un gesto del que todo el mundo hablase, que le diera la sensación de elevarse por encima de la turba. ¿Pensó entonces en matar a las dos mujeres? Era peligroso. La investigación llevaría de manera automática en su dirección, y además no quedaría nadie para sostenerlo, para halagarlo, para estimularlo. Era sin embargo a las hembras dominantes a quienes usted odiaba. Y era a hembras a las que atacaba al azar en la calle. ¿Le alivió algo saber que era capaz de matar, Moncin? ¿Le dio la impresión de que era superior a los otros hombres, o simplemente de que era un hombre?

Lo miró a los ojos con dureza, y su interlocutor estuvo a punto de caerse de espaldas junto con la silla.

—Porque, desde que el hombre existe, matar ha sido siempre el mayor de los crímenes, y existen seres que consideran que eso requiere un valor excepcional. Supongo que la primera vez, el dos de febrero, su hazaña le procuró un alivio, un momento de embriaguez. Había tomado precauciones, porque no quería pagar, porque no tenía ninguna intención de ir al cadalso, a la cárcel o a un manicomio. Usted era un criminal burgués, señor Moncin, un criminal comodón, un criminal que tenía necesidad de bienestar y de un sinfín de atenciones. Por eso en cuanto le vi, estuve tentado de emplear con usted los métodos que tanto se reprochan a la policía. Porque usted tiene miedo a los golpes y al sufrimiento físico. Si yo le diese en la cara con el revés de la mano, usted se desplomaría, y quién sabe si, por miedo de un segundo golpe, no se pondría a declarar.

Sin proponérselo, animado como estaba por la cólera que se iba apoderando de él poco a poco, Maigret debía de tener un aspecto terrible, porque Moncin, encogido sobre sí mismo, estaba muy pálido.

—No tenga miedo. No le voy a pegar. Si quiere que le diga la verdad, me pregunto si de verdad estoy enfadado con usted. Ha demostrado que es inteligente. Eligió un barrio del que conoce los menores recovecos, como solo se conocen los del lugar en el que uno ha vivido de niño. Escogió un arma silenciosa pero que, al mismo tiempo, le produjera una satisfacción física en el momento de asestar el golpe. Apretar el gatillo de una pistola o suministrar un veneno no le habría proporcionado la misma satisfacción. Necesitaba un gesto furioso, violento. Necesitaba destruir, sentir que destruía. Usted hería, pero eso no era suficiente; después necesitaba ensañarse como si fuera un niño. Desgarraba el vestido y la ropa interior, y sin duda los psiquiatras verán en ello un símbolo. Pero no violaba a sus víctimas porque sabía que era incapaz, porque no ha sido nunca un hombre.

Moncin levantó de pronto la cabeza y miró a Maigret con las mandíbulas apretadas, como si estuviera a punto de saltarle al cuello.

—Esos vestidos, esas combinaciones, esos sostenes, esas bragas, esa era la feminidad que usted laceraba. Y yo me pregunto ahora si alguna de las dos mujeres llegó a sospechar de usted, no la primera vez, sino las siguientes. Cuando se iba a Montmartre, ¿le decía a su mujer que iba a ver a su madre? ¿No relacionaría ella los crímenes y las visitas?

»¿Sabe una cosa, señor Moncin? Me acordaré de usted toda mi vida, porque jamás en toda mi carrera me había turbado tanto un asunto ni me había absorbido tanto. Ayer, cuando lo detuvimos, ni la una ni la otra creían que fuera usted inocente. Y una de ellas decidió salvarle. Si fue su madre, no tenía más que dar unos pasos para encontrarse en la calle de Maistre. Si fue su mujer, eso supone que ella acepta vivir junto a un asesino. No rechazo ninguna de las dos hipótesis. Ambas están aquí desde esta mañana a primera hora, frente a frente en un despacho, y ninguna ha abierto la boca. La que ha matado sabe que lo ha hecho. La que es inocente sabe que la otra no lo es, y me pregunto si no siente también una envidia secreta. ¿Acaso no hay entre ellas desde hace años una lucha por ver cuál de las dos le quiere más a usted, cuál le posee en mayor grado? ¿Y cómo poseerle en mayor medida que salvándolo?

El teléfono lo interrumpió en el momento en que iba a continuar.

—¿Hola?… Sí, soy yo… Sí, señor juez… Está aquí… Le pido disculpas, pero aún necesito una hora… No, la prensa no miente… Una hora… Las dos están en el Quai…

Colgó con impaciencia y fue a abrir la puerta del despacho de los inspectores.

—Traedme a las dos mujeres.

Necesitaba terminar ya con aquel caso. Se daba cuenta de que, si el impulso que acababa de adquirir no lo llevaba hasta el final, no sería capaz de llegar al fondo del asunto.

Había pedido solo una hora no porque estuviese seguro de sí mismo, sino más bien como quien mendiga. Pasado ese tiempo, pasarían a manos de Coméliau, y que él los tratara como le viniera en gana.

—Entren, señoras.

El estado de ánimo de Maigret solo se traslucía en cierta vibración de la voz y en la exagerada calma de algunos ademanes, como el de ofrecerles una silla a cada una.

—No trato de engañarlas. Cierra la puerta, Janvier… No. No te vayas. Quédate y toma nota. He dicho que no intento engañarlas, hacerles creer que Moncin ha confesado. Habría podido interrogarlas por separado. Como ven, he decidido no usar los pequeños trucos del oficio.

La madre, que se había negado a sentarse, se dirigió hacia él como para decir algo, pero Maigret le dijo con sequedad:

—Cállese. Aún no.

Yvonne Moncin, por su parte, estaba sentada tranquilamente en el borde de la silla, como una joven señora de visita. Le había lanzado tan solo una ojeada a su esposo, y ahora miraba fijamente a Maigret, como si, no contenta con escucharle, quisiera seguir el movimiento de sus labios.

—Tanto si confiesa como si no, ha matado cinco veces. Y ustedes dos lo saben porque conocen sus puntos débiles mejor que nadie. Tarde o temprano se demostrará. Tarde o temprano acabará en prisión o en un manicomio. Una de ustedes se imaginó que cometiendo un nuevo asesinato conseguiría desviar las sospechas que se centraban sobre él. Queda por saber cuál de las dos mató anoche a una muchacha llamada Jeanine Laurent en un rincón de la calle de Maistre.

La madre habló por fin.

—Usted no tiene derecho a interrogarnos sin la presencia de un abogado. Os prohíbo hablar a los dos. Tenemos derecho a representación legal.

—Tenga la bondad de sentarse, señora, a menos de que vaya a hacer una confesión.

—¡Solo faltaría eso, que yo fuera a hacer una confesión! Usted nos trata como… como el maleducado que es, y usted… usted…

Durante el tiempo que había pasado frente a su nuera, había acumulado en silencio tanto rencor, que casi había perdido la facultad de expresarse.

—Le repito que se siente. Si continúa alterándose, la haré llevar a otro lugar, donde la interrogará un inspector mientras yo me ocupo de su hijo y de su nuera.

Esta perspectiva la calmó de inmediato. Fue un cambio a ojos vista. Se quedó un instante con la boca abierta de estupor, y después hizo un gesto que podía traducirse por: «¡Ya me gustaría a mí ver eso!».

¿Acaso no era la madre? ¿Acaso sus derechos no eran más antiguos, más indiscutibles, que los de una chiquilla que lo único que había hecho era casarse con su hijo?

Él no había salido del vientre de Yvonne, sino del suyo.

—No solamente una de las dos —prosiguió Maigret— ha intentado salvar a Moncin cometiendo un crimen parecido a los suyos mientras él se encontraba detenido, sino que estoy convencido de que quien lo haya perpetrado estaba al corriente desde hacía tiempo de lo que hacía su hijo. Y ha tenido el valor, día tras día, de quedarse sola con él en una habitación, sin protección, sin ninguna posibilidad de escapar si a él se le ocurría la idea de matarla a ella. Lo ha amado tanto, a su manera, como para...

A Maigret no se le escapó la mirada que la señora Moncin le echó a su nuera. Jamás había visto tanto odio en unos ojos humanos.

Yvonne no se había movido. Con las dos manos apoyadas en su bolso de tafilete rojo, parecía hipnotizada por Maigret y no se perdía ni un solo gesto del semblante del comisario.

—Poco me queda por decir. Moncin seguramente salvará la cabeza. Los psiquiatras, como de costumbre, no se pondrán de acuerdo; discutirán delante de un jurado que no comprenderá nada, y es muy probable que el acusado se beneficie de esto, en cuyo caso lo enviarán para el resto de sus días a un manicomio.

Los labios del hombre temblaban. ¿En qué estaría pensando en ese preciso momento? Debía de tener un miedo atroz al cadalso, y también a la prisión. Pero ¿no se estaría representando escenas de manicomio tal como las ve la imaginación popular?

Maigret estaba seguro de que si pudiera prometerle una habitación para él solo, con una enfermera y derecho a toda clase de solícitos cuidados, además de la atención de algún médico ilustre, no habría vacilado en hablar.

—Para la mujer no va a ser lo mismo. Desde hace seis meses París vive con miedo, y la gente no perdona nunca el miedo que ha sentido. Los miembros del jurado serán parisienses, padres y esposos de mujeres que habrían podido caer bajo el cuchillo de Moncin en cualquier rincón de cualquier calle. No hablarán de locura. En mi opinión, será la mujer quien pague. Ella lo sabe. Es una de las dos. Una de las dos que, por salvar a un hombre, o, más exactamente, para no perder lo que consideraba su posesión, se ha jugado la cabeza.

—Me da igual morir por mi hijo —soltó de inmediato la señora Moncin, recalcando las sílabas—. Es mi hijo. Poco me importa lo que haya hecho. Poco me importan las furcias que se pasean de noche por las calles de Montmartre.

—¿Mató usted a Jeanine Laurent?

—No sé cómo se llamaba.

—¿Cometió usted anoche el crimen de la calle de Maistre?

Vaciló, miró a Moncin y por fin dijo:

—Sí.

—En ese caso, ¿puede decirme de qué color era el vestido de la víctima?

Se trataba de un detalle que Maigret había pedido a la prensa que no publicara.

—Yo… Estaba demasiado oscuro para…

—Perdone, pero ya sabe que esa mujer fue atacada a menos de cinco metros de un farol de gas…

—No me fijé en eso.

—Pero cuando le rasgó la ropa…

El crimen se había cometido a más de cincuenta metros del farol más cercano.

Entonces, en el silencio, se oyó la voz de Yvonne Moncin, que enunciaba con calma, como una colegiala:

—El vestido era azul.

Sonreía, aún inmóvil, y luego se volvió hacia su suegra, que la miraba con gesto desafiante.

¿Acaso no era ella quien, en su mente, había ganado la partida?

—Era azul, en efecto —dijo Maigret con un suspiro, y por fin dejó que sus nervios se relajasen.

El alivio fue tan súbito, tan violento, que se le agolparon lágrimas en los ojos. ¿Era posible que fueran lágrimas de cansancio?

—Termina tú, Janvier—murmuró, y se levantó mientras cogía al vuelo una pipa de su mesa.

La madre estaba ensimismada. Como si acabaran de arrancarle la única razón de su vida. Parecía que hubiera envejecido diez años.

Maigret no le dedicó ni una sola mirada a Marcel Moncin, que había dejado caer la cabeza sobre el pecho.

El comisario cruzó entre el tropel de reporteros y fotógrafos que le asaltó en el pasillo.

—¿Quién es? ¿Lo sabe?

—Enseguida. Dentro de unos minutos.

Se precipitó hacia la puerta acristalada que daba acceso al Palacio de Justicia.

Apenas estuvo un cuarto de hora con el juez Coméliau. Cuando volvió, fue para dar órdenes.

—Suelta a la madre, desde luego. Coméliau quiere ver a los otros dos lo antes posible.

—¿Juntos?

—Primero juntos, sí. Es él quien va a hacer el comunicado a la prensa…

Había alguien a quien habría querido ver no en el despacho, ni en los corredores, ni las salas de un manicomio: al doctor Tissot, con el que habría charlado largamente, como ya lo había hecho una noche en el salón de Pardon.

No podía pedirle a este que organizara otra cena. Estaba muy cansado para ir a Saint-Ame y esperar a que el médico lo recibiera.

Abrió la puerta del despacho de los inspectores y todas las miradas cayeron sobre él.

—Se acabó, muchachos.

Vaciló, miró en torno a sus colaboradores, les dirigió una sonrisa cansada y dijo:

—Yo me voy a acostar.

Era verdad. Pocas veces se había ido a casa por la mañana, ni siquiera cuando había pasado la noche despierto.

—Decídselo al jefe. —Después, en el pasillo, les dijo a los periodistas—: A la oficina del juez Coméliau… Él os informará…

Lo vieron bajar la escalera con la espalda encorvada y detenerse en el primer descansillo para encender su pipa, que había llenado despacio.

Uno de los conductores le preguntó si quería el coche, y Maigret hizo un gesto negativo.

Primero quería ir a sentarse en la terraza de la cervecería Dauphine, como había estado la noche anterior largo tiempo sentado en otra terraza.

—¿Una cerveza, comisario?

Maigret levantó la vista y, con un tono cargado de una ironía dirigida a sí mismo, respondió:

—¡Dos!

Durmió hasta las seis de la tarde entre las húmedas sábanas y la ventana abierta a los ruidos de París, y cuando al fin apareció en el comedor con los ojos hinchados, le dijo a su mujer:

—Esta noche vamos al cine.

Cogidos del brazo, como tenían por costumbre.

La señora Maigret no le hizo preguntas. Sentía vagamente que su marido venía de lejos y que tenía necesidad de acostumbrarse de nuevo a la vida de todos los días, de codearse con gente que le devolviera la tranquilidad.

« Certes, ils préfèrent que je ne voie pas certaines choses.
Mais ce qu'il ne faut surtout pas, c'est que je leur en raconte d'autres ».

« — Vous direz tout?
— Et vous?
— J'essaierai. Si je n'y parviens pas, je m'en voudrais toute ma vie ».

«Sin duda, prefieren que yo no vea ciertas cosas.
Pero lo que no debe ocurrir, sobre todo, es que les cuente otras».

«—¿Usted lo dirá todo?
—¿Y usted?
—Trataré. Si no lo consigo, me lo reprocharé toda la vida».

PEUPLES QUI ONT FAIM, 1934